の人

居眠り同心 影御用8

早見 俊

時代小説

二見時代小説文庫

信念の人——居眠り同心 影御用8

目次

# 第一章　殺しの書付

## 一

文化《ぶんか》九年（一八一二）の水無月《みなづき》、今年もまた酷暑だ。

日輪は大地を焦《こ》がし、風景は陽炎《かげろう》でぼやけているのか、頭がぼおっとしているからなのかすらも判然としない。

北町奉行所両御組姓名掛《りょうおんくみせいめいがかり》、蔵間源之助《くらまげんのすけ》は非番のこの日、神田小柳町一丁目にある中西派一刀流宗方彦次郎《むなかたひこじろう》道場で汗を流そうと、今川橋を渡った。背は高くはないががっしりした身体《からだ》、日に焼けた浅黒い顔、男前とは程遠いいかつい面差《おもざ》し、一見して近寄りがたい男だ。

ところが、道場で汗を流すまでもなく、既に汗みずくである。菅笠を被り、水色の単衣《ひとえ》の着流しという気楽な格好ながら、どうにも暑さを凌げるものではない。

手拭も既にぐっしょり濡れている。恨めしげに日輪を見上げるが、それで涼しくなるはずはなく、日輪をまともに見たため、周りの景色が黄色っぽくなってしまった。

からからに乾いた喉を癒そうと、天秤棒を担いだ水売りを呼び止めた。

「すんません、売り切れでさあ」

水売りは申し訳ないと何度も腰を曲げた。

期待していただけに一層の乾きを覚えた。なんでもいい。とにかくこの渇きを癒したいと周囲を見回す。商家の前に天水桶《てんすいおけ》があった。さすがに飲むわけにはいかないが、暑さを凌ごうと桶の水に手拭を浸し、強く絞るとそれで顔を拭った。

冷んやりとした感触が顔を覆い、涼を感じることができた。これはいいと、単衣の襟《えり》をはだけ首筋に手拭を差し入れた。

「お暑うございます」

時候の挨拶が耳元で聞こえた。

次の瞬間、源之助はしゃきっとなり、背後を通り過ぎようとする男の右腕を摑んだ。

男は動きを止めた。源之助は男の腕をねじり上げた。

「い、痛えよ、旦那、勘弁だ」

男は顔をしかめる。源之助は男が握っていた紙入れを奪い返した。

「重八《しげはち》、性懲りもなく掏《す》りをやっておるのか」

源之助は苦笑を洩らしながら紙入れを懐に戻した。

「蔵間の旦那、お久しぶりです」

重八はぺこりと頭を下げた。頬被りをした布切れを取り去ると白髪頭が日輪に照らされた。月代《さかやき》にちょこんと乗る髷《まげ》は箸のように細い。顔中は皺《しわ》だらけで、肌はしなびていた。

「ずいぶんと歳を取ったな」

源之助は重八の顔をしげしげと眺めた。

「旦那はお変わりないですね。この暑いのに、あっしの動きを見逃さなかった。さすがは蔵間の旦那だ」

「そんなことはない。この暑さにすっかりばてておるさ」

「旦那、久しぶりだ。ちょいと、軽くいきませんか。お見かけしたところ、今日は非番のご様子」

「おまえ、わたしに番屋に突き出されないと思っておるのか」

「そんな野暮《やぼ》なこと言いっこなしですよ」

重八は図に乗った。なんとも人を食った男である。

「ほら、あそこの茶屋で心太《ところてん》でも食べましょうや」

重八は源之助の返事を待たず、葦簾《よしず》張りの掛け茶屋へと入って行った。源之助も、最早《もはや》、道場へ行く気は失せてしまった。

「おまえ、いくつになった」

「歳なんか、数えるの忘れてしまいましたよ」

「見たところ、六十を過ぎたようだが」

「そうかもしれませんねえ」

重八は口を開けると前歯二本がくっきりと抜けていた。

「掏りを始めて何年だ」

「四十年、いや、五十年近くなりますか」

「まだ現役ということか」

「本業の飾り職人の方は隠居しましたが、掏りの方は……」

重八は言葉尻を曖昧《あいまい》にしたが、言わんとすることは明らかだ。

「まっとうな仕事なら立派なものだと誉めてやるのだが、掏りではな」

源之助は苦笑を洩らす。

「申し訳ねえことで」

重八は頭を掻いた。

「悪いことは言わん。もう、足を洗え。でないと、おまえ、ろくな死に目に会えんぞ」

「わかってますよ」

「なら、どうして、わたしの紙入れを狙ったのだ」

「そら、旦那に話を聞いてもらいたかったからですよ。つまり、今でもあっしのこの指は、一向に衰えていないってことを示さなきゃって思ってのことでさあ」

「掏りの腕が衰えていないということをまずは見せた上でないと話せないと言うのか。ずいぶんと物騒な用事だな」

「まあ、そうなんで」

重八は首をすくめた。源之助はその目に何かただならぬものを感じた。二人は黙り込んだ。喉を伝う冷たい麦湯を飲み込む音がやけに耳についた。重八は麦湯を飲み干して口を開いた。

「実は旦那、こんなもんを掏っちまいましてね」

重八は懐から紙入れを取り出した。螺鈿《らでん》細工の立派なものだ。それを源之助に差し出す。受け取るとずしりとした重みがあった。重八は開けてみろと目で言っていた。
源之助は黙って開ける。思わず目を剝いた。

「凄いな」

中には小判が十枚、二分金、一分金、二朱金、一朱金が数多《あまた》ある。総額がいくらなのかは覗いただけではわからない。全部を開けて数えるしかないだろう。縁台に開けるとなると、周囲の視線を浴びる。番屋にでも持って行くかと躊躇《ためら》っていると、

「四十二両ですよ」

重八が言った。

予《あらかじ》め重八は戦利品を数えていた。掏りとしては当然の行為だろう。源之助は検《あらた》めることはせず、

「掏った相手はどんな男だった」

「それより旦那、もっと、奥に書付《かきつけ》がございましょう。それをご覧くだせえ」

「おお、そうか」

言われて指で小判を除《の》かした。なるほど、細かく折畳んだ書付があった。それを取り出し、紙入れを脇に置いて広げてみると流麗な文字が飛び込んできた。そこには、数人の名前が記されている。

北町奉行所与力高脇多門《たかわきたもん》、薬種問屋春日屋庄太郎《かすがやしょうたろう》、総州浪人遠藤道之助《えんどうみちのすけ》、博徒火炎太鼓《かえんだいこ》の矢五郎《やごろう》の名と共に住まいも書かれてあった。そして、その名前の下には金額が記されている。

与力高脇が百両、春日屋が五十両、遠藤と矢五郎が四十両だった。他に、支度金として十両、全部始末すれば、二十両を払うと記されている。

源之助が目を通し終えるのを見て、

「物騒な書付でございましょう」

源之助は書付を折畳むと自分の紙入れに入れた。

「あっしゃ、すっかり怖くなっちまって」

「それで、わたしに届けるためにあんな芝居をしたというのか」

「番屋に届けるってのも、妙な気がしましてね。そうでございましょ。あっしゃ、掏りですよ。掏った紙入れを番屋に届けるなんてことできませんや。それで、世話になった旦那に直接お届けしようとこうしてやって来たって次第でしてね」

重八は紙入れの金にはびた一文手をつけていないと強い口調で言い添えた。

「掏った相手はどんな男だった」

「ご浪人のようでしたよ。この近くの縄暖簾《なわのれん》で酒を飲んでましてね、いい気分で酔っ払っていらして、こりゃ、鴨にできると狙いをつけていたんでさあ」

「この書付からすると、その浪人は書付に書かれた者たちを殺すことを請け負ったようだ。四十二両入っているということは、支度金と遠藤か矢五郎を斬ったのかもしれんな」

「ひえ、じゃあ、あっしは人を斬った後に掏ってしまったんだ」

源之助は顔をしかめた。こんな多額の報酬を得て、人を斬ろうなどという男にしては、いかにも間抜けな話だ。いくら酔っていたとはいえ、いくら重八が名うての掏りとはいえ、四十二両もの大金を入れた紙入れを掏られるとは。大体、安酒場で酔いつぶれるという行為も腕のある侍のすることではない。

いや、それは、あまり酒を飲まない源之助の偏見というものか。

ともかく、その浪人を探さねばなるまい。おそらく、この近くに住まいしているだろう。酒場に行けば、素性がわかるかもしれない。

「重八、来い」

源之助は腰を上げた。

「何処《どこ》へです。まさか、番屋に突き出されるんですか」

「違う、浪人の素性を確かめる。おまえ、顔を見たのだろう。面通しに付き合え」

「他ならねえ、旦那の頼みとあっちゃあ、断れませんね」

重八は納得したように立ち上がった。

すると、この炎天下、大勢の人たちがばたばたと駆けている。

「なんですかね」

重八は行き交う一人をつかまえ、何があったのかを確かめた。

「殺しだ。浪人者が殺されたとよ」

重八はそれを聞き、源之助を見る。源之助は表情を引き締めた。

二

源之助と重八は人だかりのする方へと歩いた。人々は神田鍛冶町一丁目の横町を入って行く。突き当たりに小さな稲荷がある。人の輪ができていて、輪の中で、

「こら、見せ物じゃねえぞ」

と、聞き覚えのある声が聞こえた。源之助は野次馬をかきわける。かきわけられた野次馬が顔をしかめ、中には源之助を睨んでくる者もあったが、菅笠から覗く源之助のいかつい顔で見返されると目をそらし、すごすごと道を開けた。

両御組姓名掛は南北町奉行所の与力同心の名簿を作成するという部署だ。名簿作成に手間がかかるはずもない。既に作成された名簿に必要に応じて本人や身内が死亡、誕生をした場合にそれを補完していくだけである。暇な部署である証拠に定員は南北町奉行所で源之助ただ一人である。

「居眠り番」とあだ名されているゆえんだ。

そんな居眠り番を勤める以前の源之助は、定町廻《じょうまちまわ》りを勤め鬼同心として知られていた。鬼同心の異名を取ったことは伊達《だて》ではない。そんじょそこらのやくざ者などは、一睨みをすれば避けて通る凄みに溢れている。野次馬の輪を突っ切ると、十手《じって》を持った男が亡骸《なきがら》の傍らに立っていた。

役者絵から抜け出たような男前で、通称歌舞伎の京次《きょうじ》の異名を取る岡っ引である。その名が示すように元は中村座で役者修業をしていたが、性質《たち》の悪い客と喧嘩沙汰を起こし、役者をやめたのが十二年前。源之助が取り調べに当たった。口達者で人当たりがよく、肝《きも》も据《す》わっている京次を気に入り岡っ引修業をさせ、手札を与えたのが七年前だ。京次は岡っ引の傍ら、常磐津《ときわず》の稽古所を開いている女お峰《みね》の亭主となって食いつないでいる。

京次はすぐに源之助に気がついた。

「蔵間さま、お耳が早いですね」

京次は源之助の脇にいる重八に視線を向け、

「とっつあん……。重八のとっつあんじゃないか」

と、口をあんぐりさせた。いかにも、どうしてここに源之助と一緒に来たと訊きたいようだが、自身番から町役人《ちょうやくにん》がやって来て、野次馬を遠ざけ始めたため、そちらにかかりっきりになった。

その間に源之助は亡骸の脇に屈んだ。亡骸は仰向《あおむ》けに倒れている。喉笛が切り裂かれており、大量の血が流れていた。よれよれの小袖、折り目がなくなった袴というみすぼらしい身形《みなり》だ。身体の硬直具合からして昨晩に殺されたようだ。顔は髭《ひげ》で覆われ、月代も伸び放題だ。かっと見開かれた両目は細かった。重八を手招きして、亡骸を検《あらた》めるよう目で言った。

重八は及び腰となり、躊躇《ためら》うような素振りで近づいて来た。

「よく見るのだ」

目をそらしている重八に厳しい声をかけた。重八は顔はそむけながら目だけで浪人の顔を見た。それから消え入るような声で、

「間違いござんせん。このお侍から掏りました」

と、言うと両手を合わせ、「なんまいだ」と繰り返した。

「紙入れの持ち主というわけだ」

源之助が言った時、京次が戻って来た。源之助は脇で合掌している重八とここに来た事情を簡単に話した。書付のことも話そうかと思ったが、書付の中に与力高脇多門の名前がある以上、迂闊《うかつ》には話せない。まずは、自分で調べてみてからと思い直した。

「重八がこの浪人から掏った紙入れだ」

源之助は紙入れを京次に渡した。京次は受け取ると、

「とっつあん、こんな大金、持ってると、こんな風になっちまうぜ。いい加減に足を洗いなよ」

「そうするさ」

重八は怯《おび》えたように身をすくめた。

「この近くの長屋に住む浪人で磯貝喜兵衛太《いそがいきへえた》というそうですよ」

京次は浪人が住む大家から聞いたと言った。

「暮らしぶりはどうだったのだ」

「大家が言うには、一人住まいで、日雇いの仕事かやくざ者の用心棒をやっていたそうですよ」

「剣の腕は立ったのかな」

「さあ、どうなんでしょうかね」

京次が首を捻《ひね》ると源之助は腰の大刀を検めるべく鞘ごと抜くと抜刀した。たちまち失笑を洩らす。

「竹光《たけみつ》ですかい」

京次はすっとんきょうな声を出した。

「普段は竹光、用心棒の時は本身《ほんみ》ということかもしれないが」

これだけでは磯貝の腕は判断がつかない。ともかく、紙入れの持ち主はわかった。あとはこの男の雇い主を探し出すことだ。

「なら、これでな」

源之助が言うと、

「もうすぐ、牧村《まきむら》さまと源太郎《げんたろう》さんがやって来られますぜ」

牧村とは牧村新之助《しんのすけ》、北町奉行所の定町廻りである。新之助の父には源之助もずいぶんと世話になり、その恩返しにと、新之助が見習いの時にはひときわ目をかけて面倒をみたものだ。お陰で、今、見習いとして出仕している息子源太郎の面倒をみてくれている。

「わたしは、定町廻りを外れた身だ。殺しの探索に関わるつもりはない」

「また、そんなことをおっしゃって。探索心が疼《うず》いていらっしゃるんじゃござんせんか」

京次は思わせぶりな笑みを向けてくる。それもそのはず、源之助にはもう一つの顔がある。

影御用。

奉行所では探索できないことを源之助個人の裁量で探索し、落着に導く御用だ。なんらの報酬を受けることも期待せず、退屈をまぎらわせるために行う。いや、それだけではない。

源之助の意地だ。

永年、定町廻りとして十手を預かってきた源之助の身体には脈々と流れている八丁堀同心としての血がそうさせるのかもしれない。京次はそれを手伝っている。この殺しに源之助が興味を抱いたと思ったとしても不思議はない。

だが、今回は影御用とは違う。依頼主がいないのだ。

重八は結果としては殺しの一件を持ち込むことになったが、それは意図したものではなく、掏った紙入れが殺しを招き寄せたに過ぎないのだ。

京次の視線を避けるように踵《きびす》を返し、稲荷の外に出て行った。

「待ってくだせえよ」

重八が追いかけて来た。

「もう、いいぞ、帰れ」

「でも……」

重八は口をもごもごとさせている。

「心配するな。おまえは殺された磯貝とはなんら関わりがないのであろう。ならば、下手人とておまえにまで手出しはせぬ」

「蔵間の旦那がおっしゃるからには、大船に乗ったつもりでいますがね。ところで、あっしのことお縄にしなくていいんですか」

「今回は特別に見逃してやる。但し、これをきっかけに足を洗うのだ」

「わかりやした」

重八は殊勝に答えた。

「今度はないと思え」

源之助はひと睨みしてから重八を残し、足早に立ち去った。

さて、まずはどうするか。

書付にあった者を訪ねる必要がある。与力高脇多門は最後にしよう。薬種問屋春日屋庄太郎と浪人遠藤道之助、博徒火炎太鼓の矢五郎だが、まずは住まいからして一番近いのが神田仲町一丁目に住む博徒火炎太鼓の矢五郎の家から訪ねることにした。

神田川に架かる筋違橋《すじかい》を渡る。神田川の水面は強い日差しを受けて眩《まばゆ》い輝きを放ち、うだるような暑さの中、物売りの声にも疲れが滲んでいる。

だが、源之助は先ほどまでのへたばりようはどこへやら、双眼は生き生きと輝き、全身に気合いがみなぎっていた。根っからの八丁堀同心なのである。怪しげな書付によって好奇心が疼き、磯貝喜兵衛太殺しによって、同心としての血が騒いでしまっている。

源之助は一路、矢五郎の家を目指した。

矢五郎の家は神田紺屋町の表通りを入った横丁の突き当たりにあるしもた家だった。炎暑を嫌ってか、格子戸は開け放たれ、家の前には打ち水がしてある。

「許せよ」

源之助は菅笠を脱ぎ、中に足を踏み入れた。広い土間があり、数人のやくざ者がたむろしている。みな、単衣の襟をはだけ、だらしなく着崩していた。小上がりになった座敷にも数人いた。

「矢五郎に会いたい」

源之助が告げると、一人がねめつけてきて、

「どちらさんで」

と、すごんで見せる。源之助は一向に動ずることもなく、

「南町の蔵間だ、矢五郎に取り次げ」

「八丁堀の旦那ですかい、あいにくですがね、親分は留守ですよ」

「何時《いつ》帰る」

「さあてね」

「待たせてもらうぞ」

源之助は上がり框《かまち》に腰かけた。それから、

「冷たい麦湯を頼む」

言いながら、手拭で顔を拭く。一人の子分が訝《いぶか》しみながらも麦湯を持って来ると乱暴な手つきで源之助の脇に置く。麦湯が撥ねて源之助の小袖を濡らした。子分たちはにやにやしながらそれを見守っている。源之助は湯飲みを取り、持って来た子分の顔にぴしゃりとかけ、

「お替りだ」

と、言い放った。

子分たちはどよめいたが、

「こら、旦那、失礼しました」

と、奥から貫禄のある男が顔を出した。

三

「あっしゃ、若頭《わかがしら》を務める紋次《もんじ》ってもんです」

紋次は左の頰に縦に傷があり、尖った顎と頰骨が張り、目つきは山猫のように鋭い。真夏だというのに、存在そのものが寒々とした雰囲気に彩られていた。土間でだらしなくあぐらをかいていた子分たちも一斉に立ち上がり、襟元を直すと頭を下げた。

「蔵間の旦那といやあ、北町でその人ありと知られた鬼同心さまだ。おめえらが束になったって、軽く畳まれてしまうってお方だぜ」

言うなり、紋次は土間に降り立ち、源之助に麦湯を出した子分の頰を平手で打った。子分はもんどり打って土間を転がった。他の子分たちも目を白黒させて身をすくませた。

「旦那、どうぞ、お上がりになってください」

紋次は源之助に一礼する。源之助は座敷に上がった。紋次は源之助を上座に導き、その正面に座った。

「辣腕《らつわん》の蔵間さまが、うちの親分にどんな御用ですか。まさか、賭場《とば》を摘発するってんですか」

紋次は油断のない目つきで源之助を窺った。

「いや、そのつもりはない。用件は矢五郎に会って、直接話す」

「なんの御用なんですかね。小耳に挟んだところじゃ、旦那、定町廻りを外された、ああ、いえ、定町廻りから他の掛に転任なさったってことですが」

紋次の頰の傷が動いた。源之助が左遷されたことをいかにも皮肉っているようだ。

「今は両御組姓名掛というたって暇な掛に身を置いておる。暇で暇でいささか身体を持て余してな。それゆえ、町方の御用と関わりない用事を見つけては暇潰しをしておるという次第だ」

紋次は源之助の言葉を聞いてから少しだけ間を取り答えた。

「親分は神田明神下同朋町の三軒長屋に住まいする、お種《たね》って女の所にいますよ」

お種は柳橋の芸者だったのを矢五郎が見初《そ》めて囲っているのだという。

「親分は昨晩からそこにおりますよ。もう、そろそろ戻って来るんですがね。お待ちになりますか」

「いや、こちらから訪ねよう」

源之助は腰を上げた。

「旦那がお帰りだぞ」

紋次は子分たちに声を放つ。子分たちは一斉に源之助に向かって頭を下げた。紋次は玄関まで見送りに来た。

「旦那、これをきっかけに時折顔を出してください。歓待申しますよ」

紋次はにこっとした。その顔はぞっとするような悪相である。源之助は返事をせず、そのまま歩き去った。要するに賭場の手入れの情報でも持ってきてくれと言いたいようだ。

源之助は再び炎天下を神田明神下同朋町まで歩いた。神田明神を間近に見ることができ、矢五郎の家からもほど近い。

お種の家は三軒長屋の真ん中の家だった。格子戸を叩き、

「御免、開けてくれ」

しばらくして格子戸が開き、女が姿を現した。歳の頃、二十四、五といったところか。化粧気のない顔だが、目鼻立ちは整っており、化粧栄えがするような気がした。

「お種か」

源之助に声をかけられ、お種は気だるそうに、

「そうですよ」

と、あくびを嚙み殺した。それから眠気で腫れぼったくなっている目を源之助に向けてくる。いかにも何者だと訊きたいようだ。

「わたしは北町の蔵間と申す。矢五郎が来ているだろう」

お種は目をしばたたき、

「八丁堀の旦那ですか。これは、失礼しました。で、あの人になんの用ですか」

「いるのか」

源之助は奥を見た。

「いませんよ」

お種はそれがどうしたと言いたげだ。

「昨晩、ここに来たのだろう」

「誰に聞いたんですよ」

　源之助が八丁堀同心と知った上で反発するお種は相当に気の強い女だ。

「そんなことはいい、矢五郎はどうした」

「どうせ、紋次でしょ。まったく、小うるさい男なんだから」

　お種は口の中でぶつぶつと繰り返してから、矢五郎は昨日の晩のうちに帰ったことを証言した。

「確かか」

　お種は格子戸を全開にして、家の中を見通せるようにした。なるほど、誰もいない。土間には男物の履物はない。源之助が訪ねて来ることなど思ってもいなかっただろうから、矢五郎が履物を隠すことは考えられない。目の前に階段がある。二階にもいないだろうが念のためだ。

「上がらしてもらうぞ」

「ですから、居ないって……」

　お種の引き止める声を無視して源之助は階段に向かった。

「ちょいと」

　背後でお種の抗議が聞こえたが無視をして階段を上がった。二階は襖が開け放たれていた。六畳間と八畳間があり、八畳間には蚊帳が吊られてその中に布団が二つ並んで敷かれたままだ。枕元には煙草盆が置かれてあった。蚊帳《かや》の外には鏡台があり、化粧道具の他に薬と思われる紙包みがある。

お種も上がってきた。

「旦那、手入れですか。あの人が何かしたってんですか」

「そういうわけではない」

言いながら源之助は紙包みに目をやり、

「風邪でもひいたのか」

お種にその様子はない。とすれば矢五郎が患っているのかと思ったが、お種の目が一瞬彷徨《さまよ》ったのを源之助は見逃さなかった。

源之助が紙包みを取り上げたと同時にお種が飛びかかってきた。

「何するんですよ、人の薬をとらないでくださいな」

源之助はそれを無視して紙包みを開けた。真っ黒い塊があった。お種はばつの悪そうな顔になって俯いた。

「阿片《あへん》だな」

「ちょっとだけですよ」

「矢五郎にもらったのか」

「あの人が面白いものがあるって持って来たんですよ。あたしゃ、吸ってませんよ」

お種は口を尖らせた。

「まあ、詳しい話は今日のところは尋ねまい。二度と吸うな」

源之助は紙包みを紙入れの中に入れた。

「残らず出せ」

「それで全部ですよ」

「矢五郎は誰にもらったと言っていた」

「知りませんよ」

お種は不貞腐《ふてくさ》れたように横を向いた。源之助はいかつい顔を際立たせるように眉間に皺を刻んだ。

「番屋で訊こうか。いやなら、言うんだな」

お種は伏し目がちに、

「紋次の話じゃ、親分が懇意にしていなさる薬種問屋の旦那からいただいたって」

「薬種問屋の旦那とは誰だ」

「そこまでは聞いてませんし、訊くほど野暮じゃござんせんよ」

お種の言葉に嘘はないようだ。

書付に記されていた春日屋庄太郎だろうか。後刻、確かめてみるとするか。

「それで、矢五郎、この家を出たのはいつだ」

「昨日の夜五つの頃だと思います」

「何処へ行くって言ってた」

「知りませんよ。一々、訊きやしませんよ」

お種は大胆にもあくびを洩らした。ふてぶてしい女だが、これ以上訊いても得るものはなさそうだ。

「いいか、阿片には金輪際《こんりんざい》手を出すな」

源之助はお種を睨みつけ階段を降りた。お種も不満そうな顔で降りて来た。源之助が出て行くと、お種は不機嫌そうに格子戸をぴしゃりと閉めた。耳障りなことこの上ない音がした。

矢五郎は何処へ行った。

どうにも気になる。

あの書付に名前があったのだ。矢五郎は磯貝に殺されたのではないか。磯貝はお種の家から出た矢五郎を狙い殺した。

とすれば、この界隈から矢五郎の亡骸が発見されてもおかしくない。だが、今までのところ矢五郎の亡骸は出ていない。子分たちにも愛妾にも行く先を告げずに何処かへ行ってしまったということか。

いや、そう考えるのは早計だ。

案外と、行き違いで自宅に戻っているのかもしれない。もう一度、矢五郎の家に引き返そう。

阿片のこともある。

源之助は矢五郎の家に戻って来た。

源之助が戻って来たことに子分たちは戸惑っていたが、紋次の言葉が耳に残っているのか、今度は丁寧な扱いで迎えられた。

紋次が出て来た。

「旦那、すっかり、ここを気に入ってくだすったようですね」

無理やり作り笑顔になった。

「矢五郎は戻ってないか」

紋次はおやっという顔をした。

「昨晩、お種の家を出てそれきりだ」

「へえ、それは、それは」

紋次は眉根を寄せた。

「お種の家にもいない、ここにも帰っていない。他にどっか行く当てを知らぬか」

「ひょっとして、吉原とか池之端《いけのはた》とか……」

「それなら、もう、帰ってもおかしくはないだろう。その帰りにどこかへ立ち寄っているかもしれんがな。たとえば、この件で」

源之助は阿片の紙包みを出した。紋次の頬の傷がぴくっと震えた。

「どうやら、心当たりがあるらしいな」

「旦那、立ち話もなんです」

紋次は首をすくめた。

四

源之助は座敷に上がり込む。

「おめえら、ぼけっとしてねえで冷たい麦湯でもお持ちしねえか」

紋次は怒鳴りつけた。

「へい」

子分たちが一斉に動く。あまりのあわてように、子分同士がぶつかり合う有様だ。

「阿片、どこで手に入れた」

いきなり源之助は問いかける。

「さて、あっしにはその辺のことは」

「知らんと申すか」

「ええ」

「おまえ、お種に矢五郎が懇意にしている薬種問屋の主からもらったと言ったそうではないか。誰だ、懇意にしている薬種問屋とは」

「あっしにはよくわからんのですよ」

紋次が惚《とぼ》けていることは明白だ。ここは、鎌《かま》をかけてみるか。

「日本橋本町一丁目の薬種問屋、春日屋ではないのか」

「…………」

紋次は表情を消し、口を閉ざした。その表情からは真偽《しんぎ》のほどはわからない。

「貝になったか」

源之助は皮肉な笑みを投げかけた。

「すみません、本当に存じませんで」

紋次は頭を掻いた。

「ならば、春日屋に赴き、じかに庄太郎に尋ねてみるか」

「それは、ちょっと……」

紋次は腰を浮かした。

「わたしが勝手に行うことだ。文句はなかろう！」

源之助は強い口調になった。

「それはまあ、ですが、旦那、どうして、春日屋さんをお訪ねになるのですか」

「なんだ、やはり、春日屋のことを心配しておるようだな」

源之助はにやっとした。

「旦那、妙な勘繰りはおやめくだせえよ」

「妙な勘繰りかどうかは春日屋を訪ねてみればわかる。それはいいとして、浪人者で遠藤道之助を存じておるか」

矢五郎に加え春日屋庄太郎が浮上したということは、遠藤道之助も絡んでいるような気がする。

紋次は口をつぐんでいたが、黙っていることはかえって事態を悪くすると思ったのか、

「遠藤先生は時折、うちの用心棒をなさっていますよ」

「用心棒というと腕は立つのか」

「無外流の使い手だとか。それはもうすげえのなんの」

紋次は両眼を見開いた。

「さぞや頼りになるのだろうな」

「そら、そうですよ」

ここで、与力高脇多門のことを持ち出すのは憚《はばか》られた。今、高脇の名前を出せば、そのことは高脇の耳にも達するだろう。それは避けた方がいい。

源之助は用がすんだとばかりに腰を上げた時、子分が冷たい麦湯を持って来た。それを一息に飲む。

「矢五郎が帰って来たら、北町の蔵間まで報せろ。いいな」

「承知しました」

紋次は頭を下げた。

と、その時、玄関を一人の侍が入って来た。

「ご苦労さまです」

子分たちは声を揃えた。白絣の単衣に紺の袴を履き、腰には二尺七寸はあろうかという長寸の大刀を落とし差しにしている。月代は剃られていないが、髭はきれいに当てられ、色白の面差しには柔和な表情を浮かべていた。おそらくは遠藤道之助なのだろう。だとすれば、会いに行く手間は省けたというものだ。

案の定、

「これは、遠藤先生」

と、紋次は挨拶をした。

遠藤は磯貝の手にかかってはいなかった。磯貝の紙入れに入っていた四十二両は、やはり、矢五郎が殺されたことを示しているのか。

遠藤はこちらを向き、源之助とちらっと目が遭った。

「北町の蔵間さまです」

紋次は紹介をした。

「総州浪人遠藤道之助でござる」

遠藤は丁寧な物腰だ。源之助は会釈を返した。

「先生、親分を知りませんか」

紋次が訊いた。

「矢五郎殿、おらぬのか」

遠藤は雇い主に敬意を払ったのか、殿とつけた。

「それが、昨晩から帰ってねえんですよ」

紋次は横目で源之助を気にしながら答えた。

「ほう、それで、北町の蔵間殿にご足労いただいたのか」

遠藤が勘違いするのも無理はない。

「いえ、そういうわけでは……。蔵間の旦那はたまたま、親分にご用事があって、いらしたんですよ」

すると遠藤は破顔して、

「おれも矢五郎殿に用がある。もっとも、おれはこれだがな」

遠藤は銭を貰う仕草をした。

「先生、また、飲んじまったんですかい」

紋次は言いながらも手文庫を持って来て、その中から幾分かの銭、金を遠藤に渡した。

「かたじけない」

遠藤は悪びれもせずにそれだけ受け取ると、さっさと玄関に向かう。

源之助も外に出る。

日は西に傾いているが、強い日差しは和《やわ》らいでいない。いささかの疲れを感じるが、それよりも好奇心が勝った。あの書付に記された名前。書き記された者たちが狙われるということは、四人は繋がっていると考えるべきだ。

四人を結ぶものは阿片。

となると、これは思いもかけない大掛かりな事件になるのかもしれない。

目の前を遠藤が歩いている。

「失礼」

源之助は声をかける。

「なんでござる」

遠藤は立ち止まった。

「失礼ながら、遠藤殿は矢五郎の用心棒をやっていなさるということですが」

「いかにも」

遠藤は否定することもなく、町屋の軒が作る片影に身を入れた。それからおもむろに、

「昨年に下総国《しもうさ》船橋藩を離れましてな、幸か不幸か子供はおらんのですが、病弱な妻がおります。暮らしぶりのこともあって、矢五郎の用心棒に雇われておるという次第」

船橋藩六万石は譜代名門、藩主奥野美濃守《おくののみののかみ》盛定《もりさだ》は老中を務めている。そんな藩を浪人したとは、よほど深い事情がありそうだ。

「矢五郎の身辺を守っておるのですか」

「そうした場合もございますし、賭場に詰めておることもござる」

「ちなみに昨晩は賭場ですかな」

「矢五郎を愛妾の家に送り届けました。それから、自宅に戻りました。家内の具合が心配になりましてな。ところが」

遠藤はここで自嘲気味な笑いを浮かべた。

「いかがされた」

「それが、家内の具合が思ったよりもよきものだったので、つい、酒を飲みに出てしまった」

「お酒がお好きなのですか」

「以前はそれほどでもなかったのです。それが、藩を離れ、浪々の身となってからは、それしか楽しみがないような有様で、まこと、堕落をしたものです。堕落といえば、矢五郎のようなやくざ者の用心棒をやっていること自体、武士にはあるまじき所業です。どうぞ、お笑いください」

「わたしは、貴殿を笑うつもりはございません。ところで、日本橋本町の薬種問屋春日屋をご存じか」

「存じておりますとも。妻の薬を手当てしてもらっております」

遠藤に悪びれた様子はない。なんら、後ろめたさも暗さもない。阿片とは関わりがないということか。

「ところで、蔵間殿はどのようなご用件で矢五郎を訪ねて来られたのかな」

遠藤はいかにもさりげなくといった調子で訊いてくる。源之助がどう答えようかと迷っていると、

「これは余計なことを訊きましたかな。拙者としましては、もし、矢五郎の手が後ろに回るようなことがあったら、拙者も暮らしぶりを考え直さねばなりませんからな。おおっと、そんなことよりも、拙者までお縄になるのですか」

遠藤は言葉ほどの危機感を抱いていないようだ。

「今すぐにということはござらん。はっきりとは答えられませぬが、矢五郎は何者か

に狙われておるかもしれません」

「それは用心棒としては聞き捨てにはできませんな。一体、誰ですか。矢五郎を狙うのは」

「そこはまだわかりません。用心棒をしておられて、矢五郎が命を狙われることはございませんでしたか」

「賭場で血が頭に上ってのぼせ上がる連中というものはよくおるのですがな」

「遠藤殿は無外流と聞きましたが、江戸での道場はどちらにお通いですか」

「藩を離れる前は神田司町の山川一心斎《やまかわいっしんさい》先生の道場に通っておりました。船橋藩の藩士は大概山川先生の道場に通っております」

「さぞや、腕が立つのでしょうな。ならば、拙者はこれにて」

源之助は急ぎ足でその場を立ち去った。

# 第二章　二股御用

## 一

源之助は日本橋本町一丁目にある春日屋にやって来た。この辺りは薬種問屋が軒を連ね、いずれも老舗《しにせ》の大店だ。

春日屋はその中にあって新興の店のようだった。紺地暖簾が風にたなびき、店の中を覗くことができた。土間を隔てて小上がりになった十五畳ほどの店には薬種を載せた陳列棚が所狭しと並び、それを求めて大店の商人、武士、僧侶までが手代の説明を聞いている。

雑然とした雰囲気ながら老舗の店にはない活気が感じられた。手代たちは忙しく客の応対に追われており、主人が殺されたということはまず窺えない。

どうしようか。

まず会ってみるか。

源之助は暖簾を潜った。漢方薬の匂いが鼻をつく。土間に佇んでいると手代が尋ねて来た。源之助は素性を告げ、庄太郎への取次ぎを依頼した。

すぐに奥に通された。

奥の客間で源之助は庄太郎と対した。庄太郎は店同様に若々しい男だった。三十前後だろうか。上等な着物に絽《ろ》の夏羽織を重ねており、丸顔で広い額はてかてかとしていた。

「本日のご用向きはなんでございましょう」

庄太郎は背筋をぴんと伸ばし、いささかの後ろめたさも感じられない。それなら、鎌をかけてやろうという気になる。

「阿片を扱っておろう」

源之助はいきなり、お種の家から押収した阿片を庄太郎の前に投げた。庄太郎はそれを取り上げ、取り乱すこともなく包みを開ける。それから中をまじまじと眺め、

「なるほど、これは阿片でございますな」

と、それがどうしたという目を向けてきた。

「覚えはないか」

「とんとございません。蔵間さまは、この阿片をどちらで手に入れられたのですか」

「さる女の家」

「すると、その女が手前どもから求めたと申しておるのですか。とすれば、迷惑極まりございません。手前どもが扱っておるという証《あかし》でもございましょうか」

庄太郎はいかにも心外というように顔をしかめる。お種の証言だけでは心もとない。しかも、その証言にしたところで実に曖昧だ。

「そうは申しておらん。いや、すまなかった。実は出所がわからぬのでな、方々を当たっておるところだ」

「それはご苦労さまでございます。それで、本日はそのようなお召し物でいらしたのですか」

庄太郎は源之助の身形《みなり》に注意を向けた。八丁堀同心の格好ではないことから、隠密での探索とでも思ったようだ。

「まあ、そんなものだ」

源之助は適当に相槌を打った。それからおもむろに、

「総州浪人、遠藤道之助殿を存じておるか」

「時折、いらっしゃいますが」

「ならば、遠藤殿が何をしておるかも知っておるか」

「火炎太鼓の親分さんのところで用心棒をなすっておられます」

「よく存じておるな。矢五郎のことも知っておるのか」

「お付き合いはございませんが、お名前は存じております」

庄太郎の物言いはどこまでが本気かどこまでが嘘なのか見当もつかない。

「与力高脇多門さまを存じておるのか」

「高脇さまには大変にお世話になっております」

庄太郎はそれは当然だと言わんばかりだ。高脇は市中《しちゅう》取締《とりしまり》諸色《しょしき》調《しらべ》掛《がかり》である。その役目は文字通り、江戸市中に出回る商品の価格を取り締まることだ。江戸を二十一の組に分け、それぞれの名主に物の値を調べさせてそれを監督し、不当な値上がりを押さえる。

庄太郎に付き合いがあっても不思議はない。

源之助は口をつぐんだ。

庄太郎は源之助訪問の理由を見定めようとしているが、源之助は今ここで打ち明けることの危うさを思った。何はともあれ、高脇に事の次第を話してみようか。

「いや、なんでもない」

「はあ……」

庄太郎は戸惑っていた。

「店、ずいぶんと繁盛しておるな。店売りにも力を入れておるようだが」

するると、庄太郎の目は爛々と輝いた。

「これからの商いは問屋組合の意向に沿って、横並びでは駄目です。新たなお得意の開拓をせねばなりません。それには、仕入れの道筋も自らが切り開かねばならないのです。組合の仕入れに頼っているようでは、商いは立ち行きません。独自の仕入れの道筋を得てこそ、他のお店にはない薬種、他では買えない安価な薬種を商うことができるのです」

「それでは、薬種問屋組合から嫌な顔をされるだろう」

「されたって平気です。安くて珍しい薬種を手に入れ、どんどん売っていって店を大きくします」

庄太郎は生き生きとしていた。

「他の店の得意先も取ってしまうつもりか」

「そうですよ。老舗の看板にあぐらをかく連中にほえ面《づら》をかかせてやります。お客だってその方がいいんですよ」

「商いのことはわからんが、阿片には手を出すな」

源之助の言葉は水を差したようで庄太郎は不機嫌に黙り込んだ。

「邪魔をしたな」

源之助は腰を上げた。庄太郎は黙ったまま頭を下げた。

「身辺、くれぐれも用心せよ」

「はあ……。畏れ入ります」

「命を狙う者がおるやもしれん」

「また、ご冗談を」

庄太郎は笑顔を作ったが、目は笑っていなかった。

「くれぐれも、用心せよ」

「よくわかりませんが、ご忠告、ありがたく存じます。これは、お茶も出しませんで」

「気遣い無用。今日は、この暑さ。いささか冷たい麦湯を飲みすぎたのでな。腹でも下したらいかん」

「そうなりましたら、よい薬がございますので、いつでもお越しください」

「ああ、そうする」

源之助は苦笑を浮かべながら春日屋を出た。

その足で北町奉行所に高脇を訪ねようかと思ったが、非番の日に与力を訪ねるというのはいかにも大仰《おおぎょう》な気がする。周囲から妙に勘繰られて、高脇には迷惑がかかるだろう。

やはり、八丁堀の組屋敷に向かうとしよう。そう思いながら家路についた。

途中、磯貝が殺された稲荷の前を通った。既に、磯貝の亡骸はなく、新之助や源太郎たちもいない。

ところが、京次だけは近くにいて、

「蔵間さま、何を探っておられるのですか」

「別に探索などはしておらん」

源之助は顔をそむけた。

「また、惚《とぼ》けないでくださいよ」

京次は苦笑いを浮かべる。

「それより、磯貝殺し、何か進展があったのか」

「やはり、磯貝殺しに興味を抱かれたんですか」

「通りがかりに殺しに出くわせば、興味を抱くのは当然だ」

「まあ、それはそうですがね」

京次は言葉とは裏腹に本当はそうではないでしょうと言うような顔をしながら、まだ、成果がないことを告げた。

今は話せない。

ともかく、高脇と書付の件で話をしてからだ。

「暑い中、大変だが、頼むぞ」

源之助は言い置いてそれからゆっくりと歩き出した。


歩いて間もなく今度は掏りの重八がやって来た。

「なんだ、おまえか」

「何かわかりましたか」

「気になるのか」

「そら、気になりますよ」

「無理もないが、今のところまだ手がかりは得られていない」

「誰も殺されてはいないのですか」

源之助は話すべきか躊躇《ためら》ったが、

「今のところはな。ただ、あの書付の中で火炎太鼓の矢五郎だけが行方不明となっておる」

「矢五郎……」

重八は思いを巡らせるように視線を泳がせた。

「妙な考えを起こすなよ」

「妙な考えっていいますと」

「決まっておろうが、探りを入れたりはするなと申しておる」

「あっしゃ、危ない橋を渡るような真似なんかしませんよ」

「どうも、おまえは妙な動きをするような気がするが」

「旦那こそ、定町廻りを外されたなんておっしゃりながら、すっかり探索に夢中になっておられるじゃございせんか」

重八は愉快そうに笑った。笑うと顔中の皺が深くなった。

「ま、それはともかく、おまえはこれ以上は関わるな」

「年寄りの冷や水っておっしゃりたいんですかね」

「まあ、そういうことだ」

源之助は言うと足早に歩き出した。

日輪は西に大きく傾いた。源之助の胸には大きな疑問ばかりが渦巻いていた。

そんな思いを胸に抱きながら八丁堀の組屋敷までやって来ると高脇の屋敷に入った。

高脇は源之助を客間へと案内してくれた。

「このような格好で失礼致します」

源之助はまず頭を下げた。

「なんの、ここは奉行所ではない」

高脇は三十代半ば、精悍な顔立ちの男だ。

「今年は一段と暑いですな」

「夏は暑いものだが、今年は格別だ。こうした暑い夏にも罪人どもは大人しくはしてくれぬものよ」

高脇は笑った。

「まったくです」

源之助もそれに合わせてから本題に入るべく空咳をした。

「ところで、本日、まいりましたのは、この書付でございます」

源之助は書付を取り出し高脇の前に置いた。高脇はそれを取り上げて目を通した。それから微妙に表情を変化させた。

「いかがでございますか」

「これを、何処で手に入れた」

高脇は書付を源之助に返した。

「ある掏りがこの書付の入った紙入れを掏ったのです」

源之助は重八の名を出すことなくかいつまんで説明をした。

高脇は戸惑い気味にうなった。

二

「いかがでございましょう」

源之助はおずおずと尋ねる。

高脇は無表情となっていたが、

「これだけではなんとも答えようがないな」

「これを手にしていた浪人磯貝喜兵衛太が殺され、書付に名の上がっていた火炎太鼓の矢五郎なるやくざ者が行方知れずとなっております。行方知れずを以って、矢五郎が殺されていると断定するのは早計ですが……」

ここまで源之助が話した時、高脇は顔を上げた。

「もし、そうだとしても、殺しを請け負った磯貝は既に死んでおる」

「これ以上の殺しは起きないとおっしゃるのですか」

「そうではないか……」

「しかしながら、磯貝に金を与えていた者がおるという事実に目を瞑ることはできません」

高脇は更に考えるような風を取った。

「高脇さま、高脇さまのお名前がここに書き連ねてあるということに関して、お心当たりがございませんか」

源之助は言葉遣いは丁寧ながら、しっかりとした答えを引き出すまでは帰らないという意志を目に込めた。

「心当たりがないとは言うまい」

高脇は婉曲な表現を使いながらも認めた。

「ということはどのような関わりでございますか」

「関わりと申すほどのことではない。わたしは春日屋庄太郎とは懇意にしておる。懇意と申しても、御用の筋を通してだ。わたしの役目は諸色相場の監督だからな。薬種問屋とは関わりがあって当然ということだ」

「あくまで御用の上の関わりであるということでございますか」

「申すまでもない」

「庄太郎は薬種問屋組合とは考えを異にした商いをしております。安価で珍しい薬種を商い、店売りにも力を入れておりました」

「悪いこととは思わん。不当に値を上げるというのなら、監督指導の対象となるが、庄太郎の行いはそうしたものではない」

高脇は春日屋庄太郎に好意的だった。

ふと、高脇に対して薬種問屋組合からの反発がないものか心配になった。だが、そのことは口には出さず、

「この書付は春日屋が核となっておると考えるべきでございます。ということは、春日屋に恨みを持つ者が殺しを磯貝に依頼したということになります」

源之助は静かに言った。

「そのようだな」

高脇は肯定したものの生返事である。

「何かお心当たりは……」

源之助がここまで問いを重ねた時に、

「井筒屋《いづつや》……。井筒屋勘次郎《かんじろう》。薬種問屋組合の肝煎《きもい》りをしており、新興の春日屋とはことあるごとに対立しておる。春日屋は老舗の薬種問屋とは横並びの商いをしない。そのことが、勘次郎や他の薬種問屋どもからの不興を買っておる」

「高脇さまは井筒屋の仕業とお考えですか」

「今のところ、思い浮かぶのは井筒屋だ」

「このままには捨ておけません」

「そうだが……」

高脇は煮え切らない態度を取った。

「いかがされたのですか」

「井筒屋の背後には大きな力があるようだ。ようだと申すのは迂闊《うかつ》には申せないのでな。井筒屋は薬種問屋の組合の肝煎りを務めておる。それをいいことに、高値の漢方薬を組合で独占しておる。おまえも見てきたように、春日屋は薬種問屋組合の意向を無視した安価な薬を売っておる。降ろし売りばかりか、店売りも盛んだ。井筒屋にとって、春日屋は秩序を乱す邪魔な存在というわけだ」

源之助の脳裏に春日屋の店の光景が浮かんだ。雑然としてはいるが活気に満ちた店だった。

「それが、殺さねばならないほどの理由になるのでしょうか。しかも、高額の金を払ってまで」

「そうなのかもしれん。いや、わしにもはっきりとはわからんのだ」

高脇は表情を引き締めた。それから源之助をじっと見た。

「ところで、蔵間、漏れ聞くところによると、おまえ、奉行所の御用とは関わりのない特別な御用を行っておるとか」

「はあ、それは」

今度は源之助が口ごもってしまった。

「別に責めてなどおらん。今回のこと、わたしのために動いてはくれぬか」

「わたしとて、首を突っ込んでしまったからには、このまま捨て置くことはできない心持ちでございます」

「八丁堀同心の意地が揺すぶられたのか」

「いかにも」

源之助は大きくうなずいた。

「ならば、わたしから依頼する。書付の件、しかと調べてくれ」

高脇は探索に用立てよと、二両をくれた。

「高脇さまも、ご身辺、くれぐれもご用心ください」

「忠告、ありがたく受ける。が、おまえもだ。敵は浪人を雇ってまでして、殺しをいとわない者だ。おまえも、首を突っ込んだからには、身辺には十分に用心せねばならん」

「十分に心得ております」

「練達のおまえのことだ。よもやとは思うが、心してくれ」

「承知しました」

源之助は力強く答えた。

源之助は高脇の組屋敷を後にした。夕暮れとなり、いくぶんか涼しい風が吹いている。宗方彦次郎道場に行くことはすっかり頭から消えていた。暑さの中、出かけた甲斐があって思いもかけない影御用が巡ってきた。自分の衰えることのない好奇心に呆れると共に老いへの抵抗であるとも思える。

そんなことを考えていると、目の前を数人のやくざ者に塞《ふさ》がれた。

「おまえたち、矢五郎のところの連中だな。矢五郎が見つかったのか」

やくざ者は尖った目をしてそのことには答えずいきなり殴りかかってきた。源之助は身を屈め、拳を相手の懐に叩き込んだ。

「野郎！」

別の男が背後から源之助に抱きつき、はがい締めにした。身動きができない。それをいいことに、前方からやくざ者が殴りかかってきた。源之助ははがい締めにしている男の足を思い切り踏みつけた。男は悲鳴を洩らして、手を緩めた。

すかさず、男の脇腹に肘を打つ。同時に前方から来た男の顎に拳を叩き込んだ。前と後ろから襲った二人は苦しそうなうめき声を洩らしてうずくまった。

更には左右からやくざ者が殴りかかってくる。

源之助は咄嗟《とっさ》に雪駄《せった》を脱いで右手に持つと、それで左右のやくざ者の頬を殴りつけた。やくざ者は悲鳴を上げながらうずくまった。

「まだ、やるか」

源之助はいかつい顔を際立たせ、憤怒の形相でやくざ者を睨みすえた。まさしく、全身から湯気が立っているようだ。

「旦那、ご勘弁を」

柳の木陰から現れたのは紋次である。紋次は源之助の前で頭を下げた。やくざ者もすごすごと頭を下げる。

「おまえがけしかけたのか」

源之助は雪駄を地べたに置きそれを履いた。

「そうじゃござんせんや。こいつら、とんだ撥ねっ返りで、旦那をぎゃふんと言わせるんだって、とんでもねえ野郎たちだ。どうか、ご勘弁ください」

紋次は深々と腰を折ってから、紙包みを源之助の袖に入れようとした。いくらかの金を摑ませるということだろう。源之助はそれを拒絶し、

「腕試しということか」

「ご冗談を。ところで、旦那、雪駄で殴っておられましたが」

紋次は不思議そうな顔をした。

「この雪駄は特別あつらえだ。鉛の板を仕込んである。馴染みの履物問屋に作ってもらった」

この雪駄は源之助が懇意にしている履物問屋杵屋《きねや》善右衛門《ぜんえもん》が特別に作ってくれたも

である。

のだ。捕物は罪人捕縛の際に少しでも武器があった方がいいとの源之助なりの工夫で

「そいつは凄えや。さすがは、鬼同心さまだ」

「ところが、居眠り番に追いやられてからは、めっきり出番が減ってな、おまけに、寄る年波、今ではいささか持て余しておる」

源之助は苦笑を浮かべた。

「いえいえ、どうしてどうして。若い奴ら数人を相手にしての立ち回り、お見事の一言ですぜ。見ていて、胸がすきましたよ」

言ってからこれは失礼しました、と紋次はぺこりと頭を下げる。

「ところで、矢五郎はどうしたのだ」

「それなんですよ……」

矢五郎は眉をしかめた。

「その顔ではまだ帰っておらんようだな」

「そうなんで。それで、嫌な予感がしましてね」

「磯貝の手にかかったと思っておるのか」

「そんなことは考えたくないんですがね。ですけど、こりゃあ、覚悟しておかなきゃ

いけねえかなって。それで、旦那、その辺のこと、つまり、磯貝とかいう浪人殺しを探索なさるうちに、うちの親分の行方も浮かんでくると思うんですよ。ですから、わかったら、それを教えてもらいたいんで」

「ま、わかったらな」

源之助は鼻で笑った。

「冷てえことおっしゃらずに、この通りですよ」

紋次は頭を下げた。

「おまえに頭を下げられてもな」

「お願いします。もちろん、あっしらだって、これから親分の行方を探します」

紋次の提案は悪くない気がした。矢五郎の行方を追うことは、今回の一件の探索に役立つような気がした。

「できる範囲でやってみよう。但し、わたしは定町廻りではない。自ずと、耳に入ってくるものは限られておる」

「そんなことおっしゃっても、旦那はそんなお方じゃねえってわかってますよ」

「なんだと」

源之助は厳しい目をした。

三

紋次は源之助の視線から逃れるように、

「なら、旦那、これで失礼します」

と、腰を折り、子分たちを連れてその場から走り去った。

紋次の奴、妙に自分を頼ってくる。その言葉を素直に受け止めようは思わない。が、いずれにしても、今回の一件、探索の血が騒いで仕方がない。

組屋敷に戻った。

木戸門を入る頃には蟬は鳴き止んでいた。飛び石伝いに玄関に至る。打ち水がしてあり、濃厚な土の匂いを立ち上らせている。格子戸を開けると、妻の久恵《ひさえ》がやって来て玄関の式台で三つ指をついた。日常的に繰り返される光景だ。

弁慶縞の小袖に身を包んだ久恵は口数は少ないが、笑みを絶やさないよく気がつく女である。父が南町奉行所の臨時廻り同心ということもあり、八丁堀同心の妻の心得をよく取得し源之助を支えている。美人ではないが色白でふくよかな面差しは、見ているだけで心身を和ませてくれ、源之助も感謝の念を抱いている。もちろん、そんな心の内を妻に明かしたことはない。

「湯に行かれますか」

久恵は源之助がひどく汗ばんでいることを気にしているようだ。

「源太郎は戻っておるか」

源太郎に磯貝殺しのことを訊いてみたくなった。

「源太郎も湯に行きました」

「そうか、ならば」

ならば、丁度いいという言葉を胸の中に仕舞って湯屋に行くことにした。久恵には外で何をしてきたかということなど言ったことはないし、久恵も訊こうとはしなかった。

源之助は手拭を受け取るとその足で近所にある亀の湯へと向かった。

湯屋にやって来ると番台に湯銭九文を置き、脱衣所で乱れ駕籠に単衣を脱いで入れた。ざくろ口を潜ると、もうもうと湯煙が立ち込めている。

天窓から夕陽が差し込み、湯煙と交錯して一種、幻想的な雰囲気を醸し出していた。源太郎の姿を探そうと思ったが、まずは、湯船に浸かりたい誘惑に駆られる。掛け湯をしてから、湯船に身を沈めた。

つい、唸り声が口から漏れる。やくざ者相手に立ち回りを演じたお陰で沸き立った血が引いてゆく。しばし、湯に浸っているだけで、幸福を感じるから不思議だ。定町廻りとして激務に身を焦がしていた頃も湯に入っている時には安らぎと幸福感を抱いたものだ。

だとすれば湯銭というのは、殊《こと》の外《ほか》安いものに思えてくる。九文で人は幸福感に浸ることができるのだ。

「立って半畳、寝て一畳、天下取っても二合半か」

口の中で呟きながら、湯船から出ると洗い場に向かった。ここで、

「お疲れさまです」

源太郎が声をかけてきた。

「なんだ、来ておったのか」

知っていながらそう言う。

「お背中、流しましょう」

源太郎は糠袋で源之助の背中をこすりながら、

「磯貝喜兵衛太なる浪人殺し、父上も現場にやって来られたとか」

やはり、源太郎は京次からそのことを耳にして気になっているようだ。

「何か進展があったのか」

「下手人はまだ摑めませんが、昨晩、稲荷の周辺を身形のよい侍が通りかかったことが目撃されております」

「身形よき侍か。腕は立つのかもしれんな」

源太郎は手を止めたが、すぐに気を取り直したように動きを強めた。

「磯貝は相当な腕であったろう。腰に帯びていたのは、竹光だったが、家には本身《ほんみ》があったはずだ。その本身には血糊が付いてはいなかったか」

源之助は心を落ち着かせようとしたが、言葉がつい上滑りになってしまった。

「それが、磯貝は本身を持っておりませんでした」

源之助は思わず源太郎を振り返った。疑問を目に込める。

「磯貝は暮らしに困って、大刀を質屋に預けたのだそうです。これは、大家の話です」

大家は溜まった家賃を催促した。磯貝は窮余の策として、大刀を質に入れた。

「五日前のことだそうです」

矢五郎が姿を消したのは昨晩のこと。その時、磯貝は大刀を持っていなかった。もっとも、依頼主から大刀を預けられたのかもしれないし、依頼金で買ったのかもしれない。

いや、それは考えにくい。

もし、新たな大刀を手にしていたなら、それが家にあったはずだ。

「武士の魂を質に入れるとは、磯貝喜兵衛太という男、よほど、だらしない男でございます」

源太郎は呆れたような口ぶりだ。

「それで、剣の腕は」

「そんな男ですから、腕が立つはずはありません」

「確かめたのか」

「長屋や近所の連中、さらには飲んでいた安酒場で聞き込みをしました。酒場でやくざ者と喧嘩沙汰になったことがあったそうです。大刀を抜いたのはいいが、やくざ者の匕首《あいくち》にすっかり怯えて、両手を合わせて許しを請うたそうです。まったく、だらしないことこの上ない男です」

源太郎は語っているうちに腹が立ったのか源之助の背中をこする力が強まった。

「そんな男か」

呟いた源之助の頭の中には疑問が渦巻いた。そんな男を刺客に雇うものだろうか。

「ところで、父上は、何か探っておられるのですか」

源太郎は探るように訊いてくる。

高脇から影御用を受けた以上、軽々しく話すことができない状況になった。源太郎はそれでは納得できないようだ。無理もない。

「以前、何度かお縄にした掏りの重八という男があった。その男が磯貝から紙入れを出来心で掏ったのだ。それで、その紙入れを返したいとわたしに相談に来た」

「ほう、そんなことが」

源太郎は呟く。息子を欺くことに心が痛むが、やむを得ない。源太郎はふと気がついたように、

「父上はどうして、磯界が腕が立つとお考えになられたのですか」

「それは」

それは、磯貝の紙入れに入っていた書付が示す、多額の報酬を約束された殺しの依頼のためだとは言えない。

「それはまあ、勘だ」

「勘でございますか」

源太郎は素っ頓狂な声を上げた。

「そうだ。勘だ。だが、その勘、どうやら外れたようだ。わたしの勘も鈍ってしまったということか」

源之助は自嘲気味な笑いを浮かべた。

「また、そのようなことを」

源太郎は苦笑を洩らした。

ともかく、磯貝殺しは書付とは関係がないということか。すると、磯貝は雇われたわけではないという風に考えられはしないか。では、何故、紙入れを持っていた。

「そうだ」

源之助は不意に声を上げた。

「いかがされましたか」

源太郎も驚きの声を上げる。

「いや、なんでもない」

言葉を濁してから考えにふける。磯貝があんな立派な紙入れを持っていたこと事体がおかしいのだ。いくら、大金が手に入ったとしても、質に預けた武士の魂たる大刀を請け出さない男が、紙入れに凝るものか。よれよれの薄汚れた着物には不似合いな紙入れは大いなる矛盾なのである。

とすれば、あの紙入れは磯貝のものではなかった。

重八は嘘をついたということか。だが、重八に嘘などつく理由は見当たらない。重八は心底怯えていた。

一応、重八にもう一度確認をする必要があるが、磯貝はあの紙入れをどこかで拾ったのかもしれない。

「磯貝は酒場でどんな様子だった。普段通りだったのか」

「いつもよりも景気がよかったそうです。いつもは、安酒と塩豆でいつまでも粘るというのに、昨晩は、鰻の蒲焼だとか天麩羅だとか、豪勢に料理を取り、さらには、周りの者にもおごってやったりして、そらもう、豪勢なものだったそうです」

やはりだ。

紙入れは拾ったか、なんらかの手段で手に入れたに違いない。思わぬ大金が手に入り、すっかり舞い上がってしまったということだ。現に、重八はそんな磯貝を見て、紙入れを掏ったのだ。

とすると、真の持ち主こそが書付の殺しを依頼された刺客だろう。磯貝はその男に斬られた。斬ったのは稲荷近くを通りかかったという身形の立派な侍か。

刺客とて、大金をなくしたとあっては、少なからず驚いているに違いない。

そして、その刺客、きっと、腕が立つに違いない。書付に名が記してあった遠藤道之助は凄腕と評判だった。その遠藤を斬るために雇われた男なのだ。

その男によって磯貝は斬られた。

その男は磯貝が自分の紙入れを奪ったことを知ったに違いない。それで、紙入れを回収しようとして斬った。

ところが、紙入れは重八によって掏られた後だった。

そうだ。そういう筋書きであっただろう。もちろん、裏を取る必要がある。

それには、高脇が言っていた薬種問屋井筒屋を探ることだ。井筒屋勘次郎が刺客の雇い主かどうかはわからないが、探る価値はありそうだ。

方向が見え少しだけ気が晴れた。

「源太郎、おまえの背中も流してやろう」

「はあ、いえ」

「遠慮するな」

源之助の上機嫌ぶりに源太郎は戸惑った。

# 四

源之助は明くる六日、奉行所に出仕した。両御組姓名掛、すなわち居眠り番に向かう。居眠り番は奉行所の建屋の中ではなく、塀に沿って建ち並ぶ土蔵の一つにあった。板敷きに二畳の畳を敷き、そこに文机や冬には火鉢、湯飲みなどが置かれている。三方の壁には棚が配置され、そこに南北町奉行所の与力同心の名簿が収納されている。

今日も暇な一日が始まる。心の中は影御用で一杯だ。

引き戸を開け放し、風通しをよくしておいた。天窓からは、蝉の鳴き声がかまびすしい。

適当に片づけて、井筒屋に行こうと思っていると、戸口に人影が立った。朝日を受けて黒い影となって見えるその男は、北町奉行永田備後守正道《ながたびんごのかみまさみち》の内与力《うちよりき》武山英五郎《たけやまえいごろう》である。内与力とは奉行所には属さない奉行個人の家臣である。奉行と奉行所の役人たちの間に立って様々な調整を行う。

「邪魔するぞ」

武山はそう一言発して入って来た。源之助は羽織を重ね正座をした。膝の上に両手を置き、頭を下げる。武山は歳の頃なら三十半ば、広い額に聡明そうな切れ長の目をしている。この暑いのに裃《かみしも》姿の身だしなみに乱れはなく、それでいて涼しげであることがいかにも切れ者を思わせた。

「今年は一段と暑うございますな」

源之助は何度も言っているこの台詞《せりふ》を述べ立てた。

「まったくじゃのう。御奉行も、この暑さ、まいっておられる」

まさか、世間話をしに来たわけではないだろう。だが、源之助は少しも表情を変えることなく武山の言葉を待った。

「また、そなたを頼りたい」

武山がまたと言ったように源之助は昨年の夏、就任間もない永田から内命を受け、影御用を担ったことがある。

「どのような御用でございましょう」

武山は一旦、戸口にまで歩いた。そして、顔をひょこっと出して周囲を確認する。近くに誰もいないことを確認したようだ。それから、引き戸を閉めようとしたが、暑さを思ったのか、閉めることはやめ、源之助の傍に戻って来た。

「与力高脇多門について調べよ」

その一言にはさすがに驚きを感じた。それを見て取った武山は、

「驚くのも無理はないな」

「高脇さまの何を探ればよろしいのでございますか」

源之助は周囲に誰もいないとわかっていても声をひそめてしまった。

「薬種問屋から不当な賂《まいない》を受け取っておるということだ」

「どちらの」

源之助は突っ込んだ。

「日本橋本町一丁目の春日屋だ」

「新興の薬種問屋ですな」

つい、その言葉を口に出してしまった。武山は感心したように、

「さすがは、蔵間、よく存じておるではないか」

「いえ、それほどでは」

昨日の探索のことは言わないほうがいいだろう。

「ともかく、賄賂の実態を調べよ」

「訴えがあったのでございますか」

「井筒屋から訴えがあった。井筒屋は薬種問屋組合の肝煎りを務めておることから、

不当な賄賂は許せないと申しておるのだ」

「おおせのことわかりましたが、それでは、わたしにわざわざ依頼なさらなくとも、御奉行が高脇さまを質《ただ》せばよろしいのではございませんか」

「それがのう……」

武山はさらに声を低める。一呼吸置いてから、

「阿片だ」

と、言った。

「阿片が関わっておるのですか」

矢五郎の愛人宅から出た阿片のことが気にかかる。

「春日屋にその疑いがある。阿片がからむとなると、事は機密を要する。高脇殿がもし、そんなものに手を染めているとなれば、奉行所は大変な醜聞を抱えることになるからな。まずは、事の真偽を密かに探る必要があると御奉行はお考えだ。それには、そなたを置いて他にはない」

武山はいかにもおまえこそが頼みの綱だとでもいうように源之助に視線をすえた。

「畏まりました」

源之助としてはそう応えるしかない。本当はその高脇から先に依頼を受けているの

である。

「それから」

武山は着物の袖から紙包みを取り出し、文机の上に置いた。

「確かに」

源之助は頭を垂れた。

「もちろん、成就の暁にはそれ相応の褒美を取らせる」

武山はそう一言言い残して立ち去った。源之助は紙包みを開けた。二分金が十枚、五両である。

その横に高脇がくれた金も並べてみる。こちらは二両。

「金で決めるわけにはいかんが……」

困ったことに、相対する二つの立場から同時に影御用を頼まれてしまった。こんなことは初めてだ。

二股をかけているようでなんとも心持ちが悪い。しかも、双方から金までも受け取ってしまった。五両と二両。

もちろん、金額の多寡《たか》でどちらかに肩入れをする気はないが、武山の依頼は奉行永田の意向を汲んでのものだ。

「なんとも、始末に悪い」

源之助はつい、愚痴めいた言葉を口に出してしまった。金額のことなどどうでもいい。実際、報酬などどうでもよかった。決して、格好をつけているわけではなく、それが源之助の本音である。あくまで、自分の探索心、八丁堀同心の魂にかけて行うのである。

はからずも、二股などということをしてしまうことになり、気は重くなってしまった。

しかし、こう、考えればどうだろう。

大事なことは事の真相を明らかにするということだ。

武山が主張しているのが正しいのか、それとも、高脇の言い分が正しいのか。いずれにしても、源之助が危惧したように春日屋に肩入れする高脇は薬種問屋組合から反発を食ったのだ。

新興対老舗。

高脇、春日屋という新興の勢力と武山、井筒屋という老舗の勢力が対立している。いや、この構図は正しくはない。武山は奉行永田の意向を受けたにすぎない。井筒屋は永田に訴えたのだろう。

そういえば、高脇は井筒屋の背後には大きな勢力があると言っていた。どんな勢力かは口に出さなかったが、北町奉行はまさしく大きな勢力だ。しかし、どうも違うような気がする。高脇の素振りは奉行を示しているようには思えない。

とすると、一体どんな勢力だろう……。

探索を進めるうちに双方から情報がもたらされ、井筒屋の背後に誰がいるのかということもわかるだろう。そう考えれば、楽な探索だということも言えるのではないか。案ずるよりも産むがやすしだ。

そんなことを考えていると、

「失礼します」

と、入って来たのは牧村新之助である。

やはり来たのかという思いである。

「どうした」

用件はわかっているが敢えて惚けた。

「おわかりでございましょう」

新之助は少しだけむっとして見せた。

「磯貝殺しの一件か」

「そうですよ。蔵間さまのことですから、何か、深く探るところがあるのでございましょう」

「そんなことはない」

「いいえ、蔵間さまのことです。きっと、何かを探索しておられます」

「源太郎が申しておったのか」

「源太郎殿にも聞きましたが、それはわたしとて同じ思いでございます」

新之助は目をしばたたいた。

「あいにくとな、源太郎に語ったこと以上のことはない」

「まことでございますか」

「まことだ」

源之助は大きく伸びをして見せた。

「手柄が欲しくて申しておるのではないのです」

「わかっておる」

「蔵間さま、何か、妙なことに首を突っ込んでおられるのではございますまいな。そのことを案じておるのです」

新之助は真剣な眼差しを送る。

「わかっておる、それ以上は申すことはない」

源之助はつい声を大きくしてしまった。新之助はまだ何か言いたそうだ。自分の身を案じてくれているのはよくわかる。それだけに邪険にはできないのだが、事は複雑化してしまった。奉行と与力から頼られた二股の影御用、そこに新之助や源太郎を巻き込むことはできないのだ。

「すまん。まこと、心配することはないのだ。案じてくれたことは礼を申す」

新之助もそれ以上は尋ねようとはしなかった。

# 第三章　盛夏の太鼓

## 一

源之助は日本橋本町一丁目にある薬種問屋井筒屋にやって来た。

井筒屋は皮肉にも春日屋の向かいにあった。元禄《げんろく》元年（一六八八）創業という屋根看板が誇らしげに陽光を弾き、店内には整然と陳列棚が配置してある。手代《てだい》と客のやり取りも落ち着いたもので、いかにも老舗、つまり、春日屋とは万事に対照的だ。

武山英五郎の紹介状を手に、勘次郎への取次ぎを願い出た。応対に出た手代によると、勘次郎は既に待っているという。そのせいか、源之助は丁寧な案内で店の裏手に設けられている母屋へと案内された。母屋と渡り廊下で繋がれた離れ座敷がある。勘次郎はそこで待っているということだ。

源之助は渡り廊下を歩き、離れ座敷に入った。

「御免」

声をかけると、

「お待ち、申しておりました」

と、柔らかな声がした。障子は開け放たれ、軒に吊るされた風鈴が涼やかな音を響かせている。離れ座敷のすぐ横に楡《にれ》の大木があり、それが座敷に長大な影を落としていて、酷暑を凌がせている。

「では、御免」

源之助は座敷に足を踏み入れた。漢方薬の匂いが強烈に匂った。

「北町の蔵間源之助だ」

「本日は、わざわざ、お越しくださいまして、まことにありがとうございます。手前、井筒屋の主《あるじ》勘次郎でございます」

勘次郎は歳の頃、六十は過ぎているだろう。頭を丸め、白薩摩の単衣に茶の献上帯を締め、恰幅のいい身体を包んでいた。脇に漢方の薬種が紙を敷いた皿に置かれ、薬《や》研《げん》とすりこぎがある。たった今まで、薬をつくっていたようだ。

源之助の視線を辿った勘次郎は、

「手前は根っからの薬屋でございます。こうして、一人、薬をつくっておるのが一番性に合っております」

「本日まいったのは……」

「存じております。武山さまにご相談申し上げましたところ、北町きっての腕利きを派遣してくださると申されました」

勘次郎は源之助を値踏みするように大きな目を向けてきた。言い知れない迫力のようなものを感じた。なんだか、腹の奥底までも見通されそうだ。

「わたしで役立てれば幸いだ」

「蔵間さまはよき面相をなすっておられます。目に力がございますな」

「骨相も見るのか」

「骨相の方はほんの趣味でございます」

「ところで、同じ薬種問屋春日屋の主庄太郎が北町の与力高脇多門さまに賂を贈っておるとのこと」

「いかにも」

「証はあるのか」

「まずは、その親密ぶりでございますな」

勘次郎は高脇が庄太郎から、日本橋の高級料理屋で接待を受け、毎回、高価な土産を渡されていると話した。

「その狙いはなんであろうな」

「薬種問屋組合の肝煎りの地位ですな。庄太郎は肝煎りとなり、己が薬種を独自に手に入れる。さらには、阿片」

勘次郎はここで言葉を止めた。

「庄太郎が阿片を扱っておるとすれば、いくらなんでも、高脇さまがそれをお認めになるはずはないと思うが」

「そのへんのところはわたしも疑問に思っております。どうして、高脇さまが春日屋ごときに肩入れをなさるのか、非常に得心がいかぬことです」

「それも含めて、わたしに調べろと……」

「さようにございます」

勘次郎は一礼した。

源之助は一呼吸置いてから、

「ところで、磯貝喜兵衛太なる浪人者を存じておるか」

「はて……、それが、どうかしましたか」

心底心当たりがなさそうな勘次郎の様子は、やはり、磯貝が雇われた刺客ではないことを示している。

いや、勘次郎が雇い主と決まったわけではないのだが……。

「存じておるか」

「存じません」

源之助は問いを繰り返した。

勘次郎はきっぱりと否定した。

「上州浪人遠藤道之助はどうだ」

「知りません」

「博徒火炎太鼓の矢五郎は」

「知りません。一体、どういうことですか。それらの方々は一体、どうなさったのですか」

勘次郎は当惑気味だが、源之助の目には磯貝を持ち出した時との反応の違いが明らかだ。

「高脇さまと春日屋庄太郎、この世から消えて欲しいと思ってはいないか」

「それは、死ねばいいということですか」

「むろんだ」

「死ねばいいとは思いません。商いから手を引けばよいとは思っておりますがね」

勘次郎の声にも表情にも乱れはない。

「それほどまでに春日屋が邪魔か」

「商いの秩序を乱しますから。問屋の秩序が乱れてしまっては、わけのわからない薬が世に中に出回って、人々に害を及ぼすようになるのです。そうなっては、世の中、めちゃくちゃでございます」

勘次郎はいかにも嘆かわしいといった表情を浮かべた。

「なるほどのう」

源之助は判断がつきかねた。

古い体制を壊すことこそが、商いと言う春日屋。体制を維持し続けることこそが、安全な薬を供給することが商いだと主張する井筒屋。

商いのことはよくわからないが、どちらの言い分にも一理があるような気がする。

但し、春日屋はそれを成し遂げるために阿片に手を出し、井筒屋は殺しをしようとしているというのか。

もっとも、どちらも想像の域を出ることはないのだが。

こうなると、気になるのは矢五郎の行方と磯貝殺しの下手人だ。

「話はよくわかった。じっくりと調べてみる」

「よろしくお願い致します」

勘次郎は慇懃に挨拶をした。源之助が座敷から出ようとするのを、

「そうだ、蔵間さま、今年の夏は格別暑うございますので、くれぐれもご用心のほどを。冷たい水や麦湯など飲みすぎにご注意ください。もし、腹など壊してしまわれましたら、これを」

勘次郎は紙に包まれた薬を差し出した。源之助は一瞬の迷いの末、

「かたじけない。重宝しそうだ」

源之助はこの時ばかりは破顔した。紙包みに小判が二枚添えてあったが、それは勘次郎に返し、くるりと背中を向け渡り廊下を歩く。背後で勘次郎の薬研で薬をつくる忙しげな音と楽しげな鼻歌が聞こえた。


源之助は外に出た。

ふと、杵屋を訪ねてみたくなった。杵屋はここからほど近い日本橋長谷川町にある。足取りも軽やかにやって来ると、店には顔を出さず、母屋に回った。

母屋の縁側に主の善右衛門がいた。日陰になったところで、ぼうっと座り込んでいた。その横顔は温厚そのものだが、老けたようにも見えた。息子の善太郎《ぜんたろう》が店の切り盛りを行うようになってからというもの、第一線から身を引いている。隠居まではしていないが、現役から遠ざかるということの寂しさを隠せないようだ。

「失礼します」

源之助は声をかけた。

「ああ、これは、蔵間さま」

善右衛門はうれしそうな顔をした。

「よろしいかな」

「どうぞ、今、すぐに冷たい麦湯でも用意致しますので」

「お気遣いなく」

「この暑さです。遠慮なさらず」

「ならば、熱い茶をいただきましょう」

善右衛門はおやっという表情を浮かべたが、

「そうですな、暑い時には熱いものを飲むのが身体にはよいと申しますからな」

善右衛門は女中に茶の用意をさせた。

「すっかり、暇を持て余しております」

善右衛門は照れくさそうに頭を掻いた。

「お互いさまです」

「そうですかな」

善右衛門は思わせぶりな笑みを向けてくる。

「なんですか」

「蔵間さま、目つきが違いますよ」

「目つき……」

「そうです。影御用をなすっておられる時の目をしておいでだ」

「わかりますか」

「わかりますとも。これでも、見極めだけは衰えておらんつもりです」

「お見それしました」

源之助が言ってから二人は顔を見合わせて笑いあった。女中が茶を運んで来た。それを二人して、ふうふうと息を吹きかけながら飲んだ。

「やっぱり、暑いですな」

源之助は言った。

「まったくでございます」

善右衛門も応じる。

蟬の鳴き声が一段とかまびすしくなった。

「今日は、商いのことをお聞かせいただきたくてまいりました」

源之助は言った。

二

「商いと申しましても、もう、隠居同然でございますからな」

などと言いながらも善右衛門は言葉とは裏腹にうれしそうだ。やはり、商いへの未練と意地を持ち続けているのだろう。

「商いというものは、新しい道、新しい得意を切り開くことが大事と存じますが、それは、周囲の意向などを無視してでも、お得意のためという名目の下に突き進むべきでしょうか。それとも、周囲を見ながら、仲間と歩調を合わせ行うものでしょうか」

源之助は静かに聞いた。

善右衛門も静かに微笑む。

「わたしごとき者が商いについて語るのは僭越《せんえつ》に過ぎますが、蔵間さまがお尋ねになるということは、お答えせずにはおられません」

そう前置きして善右衛門が語ったのは、商いには掟《おきて》というものがないが、やはり、そこには道徳というものがある。商人も人の世で生きていく以上、利ばかりを追い求めてはいけない。根本にはお客への感謝の念がなければならない。

「利を得ることにばかり頭を取られておりますと、人の道に外れます。すなわち、商人も失格ということでして。まあ、手前勝手なことを申してしまいました」

「いや、なんの、善右衛門殿らしいまことに有意義なご意見と存じました」

「何故、改めてそのようなことをお訊きになられたのですか。あ、いや、これは、余計なことを訊いてしまいましたか。きっと、御用に関わるのでございましょう」

善右衛門は興味深そうに目をしばたたいた。

「近日中にお話しできると存じます」

源之助の答えに、善右衛門は静かにうなずいた。

「時に、善太郎は元気ですか」

「それはもう」

この時ばかりは善右衛門の顔から笑みがこぼれた。息子の成長を喜ぶ父親の顔そのものである。

「お邪魔しました」

源之助は腰を上げた。

「くれぐれもお身体、ご自愛ください」

善右衛門は笑みを送ってきた。

「お互いに」

源之助は言うと庭に降り立った。相変わらずの強い日差しが降り注いでいるものの、風に爽やかさを感じるのは善右衛門と話したことで心が和んだからだ。人生で得がたいもの、それは友というものかもしれない。

源太郎は新之助と共に両国橋の袂までやって来ている。橋桁に引っかかった亡骸を引き上げたという報せを受けてのことだ。

「こら、むげえですね」

京次は筵《むしろ》を捲くった。

亡骸は袈裟懸《けさが》けに斬られていた。

「やられたのは、昨日の晩のようですよ」

京次は医者の診立てを言った。

「何者だ」

新之助が訊いた。京次は濡れそぼった単衣を脱がせ、背中を向けた。

「素性はこれに関わるかもしれませんね」

京次が示したように背中には火炎太鼓の彫り物が彫られていた。

「太鼓……。妙な絵柄の太鼓ですね」

源太郎が言う。

新之助である。

「火炎太鼓だな」

「ということは……」

京次は新之助に視線を向ける。新之助が、

「火炎太鼓の矢五郎か」

と、言った。

源太郎がそれは何者だと京次に目で尋ねる。

「神田仲町一丁目に住んでいる博徒ですよ」

「博徒、それでこんな珍妙な彫り物をしているのか」

「変わった野郎って評判でしてね、祭りで太鼓を叩くのが好きなんです。火炎太鼓というのは、雅楽に使う太鼓でずいぶんと値打ちのある太鼓なんだそうですよ」

「好きが高じて、己が身体にも彫り物を施したということか。なるほど、変わった男だ」

「矢五郎の家に使いを出しました」

京次の手際の良さは相変わらずだ。

「この傷、刀ですね」

源太郎が言う。

「しかも、鮮やかな手口だ。これは、相当に腕が立つ男だろうな」

新之助も傷を見た。

「巾着がありませんや」

京次は言った。

「物盗りか」

源太郎である。

するとそこへ一人の男がやって来た。右の頬に縦に傷が走っている目つきの鋭い男である。男は矢五郎のところの紋次と名乗った。

「亡骸を検めろ」

新之助が告げると紋次は一瞥《いちべつ》しただけで、

「親分です」

と、告げた。

「そうか、それは気の毒だったな」

京次が声をかける。紋次は屈んで両手を合わせた。いくら、やくざ者とはいえ、親分の亡骸に向かって哀悼の意を表している男に邪魔はできない。しばらく、紋次は両手を合わせてから立ち上がった。

「ちょっと、話を聞かせてくれ」

新之助は北町の牧村と名乗った。源太郎も名乗る。すると紋吉の表情が少しだけ動いた。

「蔵間さまとおっしゃいますと、蔵間源之助さまの……」

「父を存じておるのか」

源太郎に驚きはない。筆頭同心として忙しく町廻りをしていた源之助ならば、博徒に顔見知りがいても不思議はない。

「鬼同心、あ、いえ、これは失礼申しました。つい昨日、訪ねていらしたんですよ」

だ。

源太郎は新之助と顔を見合わせた。横目に京次がにやついているのが映った。京次は源之助が探索心を疼かせて、またぞろ影御用に動き始めたのだと想像しているようだ。

「父が」

「親分をお訪ねになったんですよ。親分に話があるっておっしゃいましてね。親分は一昨日の晩から行方知れずになっていたんですよ」

「父が何故、訪ねたのだ」

「矢五郎が行方知れずな……」

新之助は思案するように呟いた。

「蔵間さまは、何やら、親分に身の危険が迫っていることを薄々気がついていらっしゃるようでしたよ。あの……、旦那方、ご存じないんですか」

紋次はいぶかしんだ。

新之助はそれには答えず、

「矢五郎が立ち寄りそうなところはどこだ」

「まあ、それは、遅かれ早かれわかっちまうことだし、蔵間さまはご存じでいらっしゃいますんで申しますがね、神田明神下に女を囲ってます。柳橋で芸者をしていたお種って女ですよ。家の近くに囲って、ずいぶんと熱心に通っていました」

矢五郎はお種の家に出かけたきり、行方知れずとなっていたことを語った。

「矢五郎が殺されたのは昨晩だ。お種を訪ねてから丸一日経っている。矢五郎はその間、どこに行ったのだろうな」

新之助は首を傾げる。

「さっぱりわかりません。あっしらも、方々を探したんですよ。吉原や岡場所、品川辺りまでもね。ですけど、さっぱり行方は摑めなかった」

「矢五郎は家を空けることが珍しくなかったのか」

「めったには空けませんでしたね」

紋次はかぶりを振った。

「すると、何者かに何処かに閉じ込められて、それで、逃げ出した。それゆえ、殺されたということでしょうか」

源太郎が言った。

「その線は十分に考えられるな」

新之助は答える。

「あっしらも下手人を探しますぜ」

紋次は低い声を出した。

「下手人を始末することは許さん。あくまで、お白州で裁きを受けさせる」

新之助は紋次を見返した。

「ですがね、親分を殺されて指をくわえているようでは、あっしら、笑いものになっちまいますよ」

紋次は引かない。

「言っておくが、おまえたちが勝手に始末をつけるような真似をすれば、どうなるかわかっておるだろうな」

「処罰なさるんですかい」

紋次の頰の傷がぴくぴくと動いた。

「当然だ」

新之助も負けてはいない。

「こんなこと言っちゃあなんですがね、旦那方、手出しできねえかもしれませんぜ」

「なんだと」

「親分はお侍に斬られたのは明白だ。相手が浪人とは限りませんぜ」

紋次は薄笑いを浮かべた。

「相手が侍の身だと町方は手出しができぬと申すか」

源太郎は力んだ。

「そうじゃござんせんか」

紋次は平然としている。

「ともかく、勝手な振る舞いは許さん」

新之助は紋次に気圧《けお》されまいと強い眼差しを返した。

三

紋次が矢五郎の亡骸を引き取るべく手下を集めに立ち去ってから、

「まったく、嫌な男でございましたね。目つきなんか、まるで蜥蜴《とかげ》のようでございました」

源太郎は不快げに顔を歪ませた。

「ともかく、奴らに出し抜かれたとあっては北町の名折れだ」

「いかにも」

源太郎も力を込める。

「ところで、蔵間さまは一体、何を探っておられるのだろうな」

「それが、どうも、お惚けで困ったものです」

「京次、探りを入れろ」

新之助は京次を見た。

「あっしが尋ねたところでお答えにはなりませんよ」

「だから、そのへんのところをうまく聞き出すのだ」

「一応やってみますがね」

京次は浮かない顔をした。

「ともかく、我らは紋次たちに先を越されないよう、矢五郎殺しの下手人を追う。まずは、矢五郎の足取りを追うことだな」

新之助は亡骸が発見された両国橋界隈のうち西側を、京次は東側を受け持ち、源太郎は矢五郎が囲っていたお種に聞き込みをすることになった。

「ともかくだ、町方の沽券《こけん》にかけて探索を行う」

新之助が言うと、

「やくざ者殺しに奉行所の沽券をかけるとは正直言って気が進みません」

源太郎は気が塞いだ様子だ。

　すると京次が、

「お気持ちはわかりますがね、死ねば仏ですよ」

　何気なく言ったのかもしれないが、源太郎は妙に関心するような顔になった。

「こりゃ、ちょっと、格好をつけた物言いをしてしまいましたね。あっしも、同じ心持ちですよ」

　京次は言い添えた。

　源之助は杵屋を出ると、

「ちょっと、手足が欲しいもんだな」

　足は自然と神田三河町の京次の家へと向かった。

「御免」

　格子戸をからからと開ける。三味線の音がなり止んだ。京次の女房お峰が出迎えた。

「いらっしゃいまし、あいにくと、うちのは出かけて行きましたよ」

　源之助は上がり框に腰かけた。

「なんでも、殺しが起きたそうですよ。嫌ですね、この前から立て続け」

　お峰は顔をしかめた。

「殺し……」

嫌な予感がする。

「何処だ」

思わず表情を強張らせてしまった。いかつい顔が際立ったのだろう、見慣れた源之助の顔もお峰の目には怖く映ったのか、お峰は目をそらした。

「いや、すまん、この近くか」

「両国端の袂だそうですよ」

「わかった。邪魔したな」

源之助は腰を上げた。

「ちょいと、冷たい麦湯の一杯くらい飲んでいってくださいよ」

「ありがとうな、また、馳走になる」

源之助は単衣の裾をからげ、帯に挟むと炎天下に出た。日輪を見上げると、周囲が黄色く見えて仕方がないが、思い切り走り出した。

神田川に沿った柳原通りに出たところで、歳には勝てないもの、鉛入りの雪駄が気になって仕方がない。一度履くのをやめたことがあるのだが、老いを認めたくなくて履くようになった。

やはり、無理はたたるもの。こうなっては恥も外聞もない。己が身体が第一だ。善右衛門から身体をご自愛くださいと言われたばかりである。

源之助は雪駄を脱ぎ、ぽんぽんと泥を払うと懐中に入れてから柳原通りを両国橋に向かって走った。いかつい顔の侍が裸足で往来を走る様は一種、異様なものに人々の目には映っただろう。だが、なりふりはかまっていられない。

それほどに気になった。

ひょっとして殺されたのは矢五郎ではないのか。

証があるわけではないが、源之助の同心としての勘がそう告げているのだ。

「退いてくれ」

往来を行く、棒手振《ぼてふ》りや行商人に声をかけながら、両国橋までの十町余りを駆けに駆けた。人々は関わりを避けるように道の真ん中を空ける。源之助は我ながら若いなと思った。

新之助と源太郎、それに京次が聞き込みに出向こうとした時、

「あれ」

京次が素っ頓狂な声を上げた。新之助と源太郎も顔を上げる。すると、源之助が髷を振り乱して走って来る。その姿は滑稽なほどだったが、さすがに笑うわけにはいか

ない。

「殺しか」

源之助は息を切らせながら言った。

「父上、落ち着いてください」

源太郎が手拭を差し出した。源之助はそれを受け取り顔や首筋を拭いながら、

「殺されたのは誰だ」

源太郎の気遣いなどどこ吹く風。源之助には殺されたのが矢五郎かどうかしか頭にない。

「火炎太鼓の矢五郎という博徒です」

源太郎が答えた。

「矢五郎か」

源之助は絶句すると息を整えてから矢五郎の脇に立って亡骸を眺め下ろした。

「父上、矢五郎を訪ねておられたそうですね」

源太郎が問いかけると源之助は振り返った。さらに、

「先ほど、矢五郎の子分の紋次という男がやって来まして、父上のことを」

「わしが訪ねたことを話したのか」

「お話しくださいませんか」

源太郎は懇願口調だ。

こうなっては、知らぬ、存ぜぬで通すわけにはいかない。そのことは十分にわかる。だが、武山からの影御用のことは口にはできない。

「お願いします」

源太郎は源之助にもう一度懇願した。

「そうだな」

源之助はここで、武山の影御用のことは伏せて自分がやり始めた影御用についてのみ話すことにした。

「わかった、ならば、河岸《かし》を変えるとするか」

「茶店にでも行きましょう」

すかさず、京次が案内に立った。


源之助たちは両国西小路にある茶店に入った。

「冷たい麦湯でも頼みますか」

京次が言うと、新之助と源太郎は頼むと答えたものの源之助は熱い茶を頼んだ。

「身体にはこのほうがいい」

源之助はいぶかしむ京次たちに向かって先に言った。源太郎たちは一息に麦湯を飲み干した。みなが落ち着いたところで源之助はおもむろに口を開いた。

「実は、先だって掏りの重八という男から依頼を受けた」

源之助が話すとみな一言も聞き漏らすまいと聞き耳を立てた。

「掏りの重八は、先だって殺された磯貝喜兵衛太の紙入れを掏った。その紙入れには書付が入っており、四人の名前が記してあった」

源之助は書付を差し出した。

新之助、源太郎、京次の順で目を通した。三人が読み終えるのを見定め、

「これではいやでも気になるであろう」

新之助はうなずき、

「なるほど、これが実行に移されれば、大事《おおごと》です。ですが、依頼を受けた磯貝は既に殺された」

「いや、磯貝が依頼されたとは思えない。源太郎の話では、磯貝という男、いかにもいい加減、その上、剣の腕はなっていなかった。そんな男が、このように高額で人を斬ることなど依頼されるとは思えん」

「違いねえや」

即座に京次が反応する。新之助はあくまでも落ち着いたもので、

「それに、矢五郎が殺されたのは磯貝が殺されて後です」

「そうだ。磯貝以外の者がこの書付のことを実行に移し始めたのだ」

「依頼主は」

源太郎が訊いた。

ひょっとして井筒屋勘次郎なのだが、今の段階では内与力武山英五郎への遠慮から、そのことは言えない。

「わからん」

源之助は首を振った。

「そのことを調べておられたのですか」

源太郎はそう解釈をしてくれた。

「まあな」

源之助はここで茶に口をつけた。

「磯貝殺しと矢五郎殺し、同じ者の仕業でございましょうか」

新之助が訊いた。

「おそらくはな」

「では、あとは我らにお任せください」

新之助は言った。

四

「わかった」

それは源之助らしからぬ、曖昧な声音となった。そのことは新之助や源太郎、それに京次にも伝わったとみえ、みな無言のうちに押し黙ってしまった。新之助が一同を代表する形で言った。

「まことお任せくださいますか」

「わたしが嘘をついておるとでも」

源之助に言い返され、新之助は遠慮がちに、

「嘘というのはよい表現ではございません。ご納得しておられないと、見ましたが。違いますか」

「そう思うか」

「はい」

新之助は困り顔になった。

「父上、ここは我らにお任せください。お手出しご無用に願います」

源太郎も強く主張した。

「わかった、わかった」

源之助はそれだけ言い置くと、踵を返した。

「待ってください」

源太郎が呼ばわった時には源之助は振り返ることなく立ち去った。

「やれやれ」

新之助は苦笑を洩らした。

源之助はああ言ったものの、ここで引くつもりはない。

が、これからどうしようかと両国西小路の雑踏を歩いていると、前から初老の男が歩いて来る。

「重八」

源之助は呼ばわった。

「こりゃ、旦那、相変わらず、お暑いことで」

「たまたまか、そんなことはあるまい」

源之助は思わせぶりな笑みを投げかけた。

「旦那、全部お見通しのようだ」

重八はへへと卑屈な笑いを浮かべた。

「わたしを付け回してどうしようというのだ」

「実は、旦那、あっしを守って欲しいんで」

「どうしてだ」

「気味の悪い男に追われてるんですよ」

重八は大袈裟なくらいの怖がりようである。

「もっと、詳しく話を聞こうか」

「なら、そこの茶店で」

重八は目に付いた茶店に向かおうとしたが、

「いや、茶店はやめておく。いささか、腹が張ってしまった」

「そうですかい、なら、土手の上にでも行って涼みましょうか」

重八は柳原土手を見上げた。柳の枝が川風に吹かれ、いかにも涼しそうだ。

二人は柳原土手を登った。柳の木陰に身を入れる。神田川の川風に吹かれているうちに汗が引いていった。

「昨日の晩、あっしのねぐらに戻ってみますと、家の中が荒らされていたんです」

重八はその時の恐怖が蘇《よみがえ》ったのか身を震わせた。

「つまり、おまえが磯貝の紙入れを掏ったことを突き止められたということか」

「そういうことだと思いますよ。それで、あっしは怖くなって、ねぐらを出ましてね。なるべく、盛り場に身を置いているってことです」

「それで、わたしを頼ろうというのか」

「だって、あっしの紙入れは旦那にお渡ししたんですからね」

重八は泣きつかんばかりだ。

「ふん」

源之助は鼻で笑った。

「両国橋の袂で殺しがあったそうじゃござんせんか。殺されたのは火炎太鼓の矢五郎。まさしく、あの書付にあった一人ですよね」

「確かにそうだがな」

「他人事《ひとごと》じゃござんせんよ。いくら、掏りは悪いことといったって、命まで取られるってことはいくらなんでも、そら、ひでえですぜ」

「確かにひどいな、で、これからどうする気だ」

「あっしは、旦那の下で働きますぜ」

「おい、おい」

源之助は幾分かほっとさせるために答えた。源之助にとっても悪い話ではない。これまで、影御用には京次を使ってきた。だが、今回は京次をあてにはできない。源之助一人で探索するつもりだったが、手先に使える男が欲しいと思ったところだ。

「わかった」

「こいつはありがてえ」

「なら、まずは、どうするか」

源之助は思案に暮れる。

「どうしますかね」

「今、考えている」

暑さによって苛立ちも募った。それからふと、

「おまえ、今晩、家に帰れ」

「ええ」

「帰るんだ」

源之助は有無を言わせない、強い口調で言った。

「殺生ですよ。あっしゃ、殺されてしまいますよ」

重八は勘弁してくださいと、両手を合わせた。

「おまえ一人で行かせやせん」

「と、おっしゃいますと」

「わたしもついて行く」

「おっと、そうこなくっちゃ」

「なんだ、現金な男だな」

「そらそうですよ。あっしゃ、掏りですからね。旦那みたいに身体を張って生きているわけじゃござんせん」

「言ってくれるではないか」

源之助は苦笑を洩らした。

その頃、新之助は、

「蔵間さまにみえを切ったからには、我らもう、後へは引けない」

「そうですよ」

源太郎も力強く答える。

新之助は京次を見た。

「あっしゃ、なんだか、気の毒になっちまいましたよ」

「どうしてだ」

新之助の問いかけに、

「だって、そうじゃござんせんか。蔵間さまの楽しみと言っちゃあ失礼ですが、影御用を奪い取ってしまったんですよ」

「そら、そういうことだがしかし」

新之助は源太郎の顔を見た。

「父だって、公私の区別はつけておると存じます。殺しの探索は定町廻りが行うべきことです」

源太郎は強い口調になった。

「それはそうですがね」

京次は口では認めたものの、納得できないようだ。

「おまえが、父を気遣ってくれているのはわかるが、それはやはり間違っておると思う」

「源太郎さま……」

京次はまだ何か言いたそうだった。

「我らはともかく殺しの探索に専念しよう。でないと、それこそ、蔵間さまに申し訳ないのだからな」

新之助が言った。

「そうですね」

京次は気持ちを切り替えるように空を見上げた。紺碧の空に入道雲が横たわっている。まさしく、かんかん照りだ。

殺しという殺伐とした雰囲気をまるで想像させない抜けるような青空である。三人は表情を引き締め、おのおのの探索に赴いた。

# 第四章　朝帰り

一

夜半となり、源之助は重八と共に重八のねぐらへとやって来た。てっきり、どこぞの長屋だとばっかり思っていたが、重八の住まいは大川に沿った薬研堀の一角にある二階家だった。

「いいところに住んでいるではないか」

「からかわねえでくださいよ。あっしゃ、これでも、まじめに飾り職人をやっていたんですぜ。そっちの腕も評判でしたからね」

言いながら重八は格子戸を開ける。むわっとした空気が漂っている。裏庭の戸を開ける。夜風を取り入れる。重八は行灯《あんどん》の灯りを灯《とも》した。

「一杯、やりましょうか」

「酒は……」

「おや、旦那は酒は召し上がりませんでしたかね」

「飲まんことはないが、好きではない」

「あっしとじゃ、おいやですかい。まさか、酒までは掏っていませんぜ」

「ならば、少しだけもらうか」

「そうこなくっちゃ」

重八は嬉々として酒の支度にかかった。実際、今晩を酒なしで過ごすということには抵抗がある。重八と素面《しらふ》では気詰まりになるだけだ。もっとも、酒を飲み過ぎて油断をしてしまってはなんにもならないのだが。

「旦那、この暑さだ。冷やでいいですね」

「ああ」

源之助は夏羽織を脱いだ。

「肴はっと」

「適当でいいぞ」

「何か買ってくればよかったですね」

「別に、酒宴を催すために来たのではない」

「愛想がないね、旦那は」

言いながら重八はごそごそと台所で何かやっていたが、やがて座敷に戻って来た。

「旦那、こんなもんで勘弁してくださいな」

重八が持って来たのは茄子《なす》と大根の糠《ぬか》漬けだった。源之助は茄子を食べた。

「案外と美味いじゃないか、おまえが漬けたのか」

「まあ、そういうこって」

言いながら重八は湯飲みに五合徳利から酒を注ぐ。

「さあ、どうぞ」

「おお」

源之助は湯飲みの酒を口に含んだ。重八は湯飲みを一息に飲んで目を細めた。

「うめえな」

この世の極楽とでも言いたいような様子である。

「うまそうに飲むな」

「これぐれえしか楽しみがないんでさあ」

「酒が楽しみか」

「酒は裏切りませんからね。でも、時々、お陰で羽目外すこともありますけどね」

重八は空になった湯飲みの底に視線を落とした。源之助が酌をしてやった。

「旦那にお酌までさせて、なんだか申し訳ござんせん」

「まあ、気にするな。こっちは、適当に飲むから、好きにやれ」

実際、源之助はすきっ腹で飲んで酔いが廻りそうになった。

「すんませんねえ。あっしは、味噌舐めたって五合くらいいっちまうんで。飲む時は箸を割らないってのが自慢ですよ」

重八はすっかりいい気分になっているようだ。

「おい、大丈夫か」

源之助は心配になってきた。

「大丈夫ですよ、これくれえの酒。それに、旦那と飲めてこんなうれしいことはござんせんや」

重八は言葉に偽りがないことを示すように満面に笑みをたたえた。

「ところで、昨晩なのだが」

「へえ」

重八はしゃっくりをした。

「それみろ、酔っ払っておるではないか」

「大丈夫ですって」

「大丈夫なもんか」

源之助は言ったが、重八は徳利を抱え込んで離さない。源之助はそれ以上は何も言わず、重八の好きにさせた。

重八は陽気に飲んでいたがやがてごろんと横になった。それから腕枕をして、鼾《いびき》をかきはじめた。

「呑気なものだな」

源之助は重八の寝顔を見た。平穏そのものの顔ながら、無数の皺が刻まれ、これまでの重八の人生の年輪を刻んでいるようで、掏りをして五十年近いこの男の生涯というものに思いを馳せてしまった。腕のいい飾り職人であったろうに、それでは納まり切らなかったのであろうか。

何が不満なのだろう。

ふと、自分を重ね合わせてみた。自分は八丁堀同心一筋に生きてきた。居眠り番と揶揄《やゆ》される現在に至るまで、脇目もふらず御用をおこなってきた。今でも、閑職とはいえ、きちんとした禄は得ている。贅沢はできないが、暮らしには特別に困ってはいない。

　では、影御用を担うのは何故か。

　金でも名誉でもない。八丁堀同心としての魂がそうさせているのである。

　趣味とはいえないが、重八の気持ちがわからなくはない。もっともだからといって、掏りという行為を認めることはできないのだが。

　と、ここで庭がざわついたように思えた。

　源之助は行灯の灯りを消す。

　大刀を引き寄せ大刀の下げ緒で襷掛けにし、息をつめる。

　庭を横切る人の足音がする。数人の男たちのようだ。

　月は雲に隠れている。

　それでも、闇に慣れた目は裏庭から母屋に侵入して来る数人の男を捉えた。

「おい起きろ」

　夜陰で声がしたと思うと、男が重八の脇腹を足で蹴った。酔いつぶれた重八は起きない。さらに、

「起きろ」

　と、言った時、

「悪党め」

源之助は叫んだ。

男たちが浮き足立つのがわかった。ざわざわと裏庭に逃げ出す。源之助は追う。暗闇で顔は見えないがやくざ者のようだ。

ところが、その中に侍がいる。

侍は抜刀し、源之助に斬りかかって来た。源之助は抜刀し大刀の鎬《しのぎ》で受ける。敵の刃が鎬を流れた。

凄まじい衝撃だ。

速度といい力といい、相手が一流の使い手とわかる。矢五郎は鮮やかに仕留められていた。それに、磯貝もだ。

となると、この男が刺客か。

源之助は大刀を正眼に構えた。

その時、雲に隠れていた弦月が顔を出した。蒼白い月光に照らされた相手は遠藤道之助である。

遠藤の方でも源之助に気がついたようだ。

「これは……。蔵間殿」

遠藤は大刀を鞘に戻した。

「貴殿、確か遠藤殿」

源之助は構えた大刀を下ろした。

「蔵間殿でござったな」

遠藤も思い出したようだ。すると、やくざ者の中から一人が進み出た。紋次である。

「こりゃ、旦那」

「おまえたち、どうしてここにいるのだ」

「旦那こそ、どうして、親分を殺した一味の家になんかおられるのですか」

紋次の声は上ずっていた。

「わたしは、重八と知り合いでな。それより、どうして重八が矢五郎を殺した一味と考えるのだ」

それには遠藤が答えた。

「紋次らの調べで、重八が矢五郎殿の家をうろうろしているのがわかったのです」

「親分を付け狙っていやがったってことですよ」

紋次は言い添える。

おそらくは、書付を見て矢五郎のことが気になり、それで周辺を当たっていたのだ

ろう。すると、

「なんですよ」

と、重八の寝ぼけた声が聞こえた。紋次は身構えた。それを源之助が制して、

「こっちへまいれ」

「なんですよ、あ」

重八は紋次たちを見て息を飲み込んだ。

「いいからまいれ」

源之助は今度は強い口調で命じた。

「へ、へい」

重八はすっかり怯えてしまった。

「来るのだ！」

ついには怒鳴りつけると、ようやく、重八はやって来た。

「おまえ、矢五郎を殺してなどおらんな」

「もちろんですよ」

重八はおっかなびっくり答えた。

「わたしからも申そう。矢五郎殺しは侍の仕業だ」

源之助は矢五郎が袈裟懸けに斬られていたことを語った。

「なにも、あっしらだって、この爺がやったとは思っていませんよ。この爺は親分のことを嗅ぎまわり、親分を斬った侍の手先なんでさあ」

紋次は言った。

二

「どうなんだ」

源之助は重八に視線を預けた。

「とんでもねえ」

重八は大きくかぶりを振る。

「野郎、ふざけやがって」

紋次は殴りかからんばかりの勢いだ。源之助がそれを制する。その上で、

「おまえら、昨晩もここに来たな」

「なんのこってす」

紋次は戸惑っている。

「この家を荒らしただろうと訊いておるのだ」

「とんでもねえ。妙な言いがかりはやめてもらいたいもんですぜ」

紋次はいかにも心外だと言わんばかりである。

「知らぬと申すのだな」

「知りませんや。第一、親分の亡骸が見つかったのは今朝のことですぜ」

紋次の言い分はもっともな気がする。となると、昨晩に重八の家を家捜しした者は、書付の殺しを依頼した者ということか。井筒屋勘次郎か……。

「ともかく、この者は矢五郎殺しの下手人でも、下手人と関わりを持つ者でもない」

源之助は紋次はもちろん手下たちにも伝わるように大きな声を出した。紋次は疑わしげな目で源之助をねめつけていたが、

「わかった。蔵間殿の申されることを信じよう」

遠藤が言ったため紋次としても引き下がるかと思いきや、

「ですがね、疑いが晴れたわけじゃござんせんや。その爺さん、こっちで色々と確かめたいことがございますんでね」

途端に、重八はおどおどとし源之助の背中に隠れた。

「ならん、矢五郎殺しの探索は北町が行っておる」

「息子さんですかい」

紋次はにんまりとした。

「息子も加わっておる」

「あっしらだって親分を殺されて指をくわえているわけにはいかないんでさあ」

「今晩は矢五郎の通夜ではないのか」

「葬儀の日までに下手人を挙げねえことには格好がつきませんや」

「ともかく、通夜の晩だ。それなら、まずは、親分の通夜を粛々と営むことが子分の務めだと思うがな」

源之助の声は闇の中に朗々と響き渡った。紋次は黙り込んだ。静寂が訪れる。

「頭、ここは蔵間殿の申されることが筋というものだ」

遠藤の冷静な声がした。

「それ、遠藤殿も申しておられるではないか」

源之助は言う。

紋次はじりじりとしていたが、

「なら、引き上げるぜ」

紋次は子分たちを引き連れ立ち去った。ぽつんと遠藤が残った。

「蔵間殿、やはり、相当に腕が立つのう」

「貴殿こそ、貴殿の太刀筋、なかなかに鋭いものであった。こう申してはなんだが、やくざ者の用心棒には似つかわしくないものと存ずる」

「暮らしというものがありますからな」

「ご妻女が病に臥せっておられたのでしたな」

「いかにも」

遠藤の物言いはどこか寂しげだ。

「これは立ち入ったことを申しました。ところで、遠藤殿、人を斬ったこと、ござるか」

源之助は突如として訊いた。

「ござる」

遠藤ははっきりと答える。

源之助が問いかけを重ねようと思った時、

「江戸藩邸で揉め事がございましてな」

「それが、ひょっとして、御家を離れられたことのわけでござるか」

「いかにも」

遠藤はさばさばとした口調である。源之助は言葉を飲み込んだ。

「出入り商人を扱う御用方に勤めておったのですが、上役の不正を質そうとしたため、江戸藩邸を出たところで闇討ちを食らわされた。配下の者三人でした。わたしは、やむをえず、三人を斬り、妻と出奔したのです」

遠藤は淡々と語っているもののその無念さは十分に理解ができた。

「ご無念でございましたな」

「今更、どのように悔いようとも、どうにもなりませぬ」

「ひょっとして、追っ手がかかっておるのではござらんか」

遠藤は首を縦に振る。

「矢五郎の用心棒になったのはそのことと関わりがあるようですな」

「少しでも身の安全を図っておるつもりです。卑怯未練な男とお笑いくだされ」

「笑おうなどとは思っておりませぬ」

「せめて、妻を看取ってやりたいと思うのです。妻はもう長くはないのです。自分の身勝手で、苦労をかけることになった妻にしてやれるせめてもの罪滅ぼしだと思っております。蔵間殿はご妻女はご健在かな」

ふと久恵の顔が脳裏に浮かぶ。久恵が不治の病になったとしたら、自分はどうするだろう。

「つまらぬ話をお聞かせしてしまいましたな」

遠藤はふとそのように洩らした。

「わたしこそ、立ち入ったことを聞いてしまいました」

「では、これにて」

遠藤は足早に立ち去った。

遠藤の背中を見送り重八に向き直る。

重八はへなへなと膝から崩れた。

「どうやら、奴らではなかったようだな」

「そのようで」

「これで、安心できるだろう」

「でも、となれば、家捜しした連中は別にいるってことですからね」

「そういうことだな」

「どうするんですよ。また、襲われるかもしれませんよ」

「そうかもな」

「旦那……」

重八は顔を歪める。

「そう、情けない顔をするな」

「ですけど、こちとら命がかかっておりますよ」

重八は必死である。

「念のため今晩はこのまま ここにいる」

源之助は重八を促し母屋に戻った。

「なら、飲みますか」

重八は源之助がついていてくれることで安心し切ったようだ。

「おまえ、飲め」

源之助は言うと、大刀を抱きかかえ、壁に寄りかかった。重八は再び酒を飲んでいたが、やがて、高鼾をかいた。

「幸せな男だ」

源之助はふとそう呟いた。

気がついたら、腹の中に物をほとんど入れていないことに気がついた。重八は飲む時は肴を食べないとあって、糠漬けくらいしかない。仕方なく、大根を口に入れた。大根を嚙む音が響いた。それは、おかしなものであるが、遠藤の境遇を聞いたせいか、なんといえない寂しさが胸にしみた。

「あぁっ」

重八は叫び声を上げた。

悪い夢を見ているようだ。

源之助は徳利の残った酒を湯飲みに注いだ。月を眺めながらそれを口に含む。波立った心がわずかに静かになった。

ちびりちびりと酒を飲み、大根の漬物を食べた。腹の虫はどうにか治まった。

やがて、白々空けとなった。浅葱色《あさぎいろ》に空が染まり、小鳥が鳴き始めた。裏庭に出ると大きく伸びをした。東の空に朝日が顔を覗かせた。澄んだ空気を胸一杯に吸う。

「お早うございます」

重八は目をこすりながら出て来た。

「ならば、わたしはこれで帰る」

「どうもすみませんでした」

「なるべく、人込みが多いところにいることだ」

「御奉行所に出仕なさるんですか」

「当然だ」

「なら、あっしも後で顔を出しますんで」

　来なくていいとは言えなかった。

　源之助は裏木戸から外に出た。大川端を南に歩いて行く。時折棒手振りたちと行き交った。さすがに、徹夜をすると身体に堪える。肩が凝り、背中が強張ってしまった。顎を撫でると、薄っすらと無精髭がちくちくとした。以前なら、一晩くらい徹夜の御用をしていても平気だった。

　こんなことにも確実な老いを感じてしまった。

三

　六日の昼、源太郎は単身、神田同朋町一丁目の矢五郎の家を訪ねた。家は矢五郎の死を受け、混乱の極みにある。紋次が手下たちを怒鳴りつけ、手下たちは右往左往した。

　今、ここで聞き込みをやるよりは、矢五郎の愛妾であるお種の家を訪ねることにした。幸い、お種の家はここからほど近い神田明神下である。

源太郎は汗を拭き拭き、お種の家へと足を運んだ。

「御免」

源太郎は声をかける。

「はあい」

気だるい声が返された。

「邪魔するぞ」

格子戸を開け、中に足を踏み入れる。お種は浴衣姿だった。矢五郎が死んだというのに、いかにも不謹慎な様子である。

「なんですよ」

言い方も投げやりだ。

「ちと、話が聞きたい」

「お見かけしたところ、八丁堀の旦那ですね。矢五郎のことですか。殺されたんですってね」

「北町の蔵間と申す」

「蔵間……。そういえば、昨日、矢五郎のことを聞きにいらした旦那も蔵間さまっておっしゃいましたよ」

「父だ」

「そうですか。あんまり似ていらっしゃいませんね。お父上はなんだかやくざ者の親分のようなお顔をなすってましたが、あなたさまはおっとりとしていなさる」

お種は好き放題のことを並べ立てた。ここで怒っては聞き込みにならないと感情を押し殺す。

「矢五郎が殺されて、こんなところにいてよいのか」

「それ、それなんですけどね……」

お種は苦笑いを浮かべた。

「どうした」

「それがね、あたしにお通夜や葬式には出たらいけないって、紋次の奴が言うんですよ」

「紋次というと若頭か」

「そうなんです。あたしが、通夜、葬式に出たら迷惑だって」

「どうしてだ」

「矢五郎の女房が絶対許さないんだって、そらもう、頑張っているんですよ。女房って言ったって、名ばかりでね、実家に戻ってて、仲町の家になんか、足を向けることなんてなかったんですから」

お種はぷうっと頬を膨らませた。

「やはり、寂しいのか」

「寂しい……」

「矢五郎の野辺の送りに行きたいのだろう。愛おしい人であろうからな」

源太郎は大真面目である。お種は両手で顔を覆い、しばらくの間嗚咽《おえつ》を洩らした。

源太郎が同情を寄せようとしたところで、お種は顔を上げた。それから、満面に笑みを浮かべ腹を抱えて笑いだす。

きょとんとする源太郎に、

「まったく、うぶな方ですね」

「何がだ」

「何がって、あたしゃ、金で囲われていたんですよ。金の切れ目が縁の切れ目。それならそれで、こっちは結構なんですよ。きちんと、手切れ金さえもらえばね。その話をしようと思って、通夜の席に行こうと思ったんですがね。こんな時になったら、急に女房面して、通夜には出るなって、始末に終えない女なんですよ」

源太郎はお種を呆れたような顔で眺めた。

「なんです」

「いや、その、なんだ。金とはいえ、深く言い交わした仲ではないか」

「旦那、お若いですね」

お種はくすりと笑った。

源太郎は空咳を一つしてから、

「では、尋ねるが、矢五郎は一昨日の晩にここにやって来て」

お種はうんざりしたように、

「お父上にも申しましたけど、一昨日の晩に来てそれっきりですよ」

「何か変わったことはなかったのか」

「別に、普段通りですよ」

「しかとか」

「しかとですよ、いつもの通りでした。変わったことなんかありませんよ」

お種はいい加減にして欲しいといったように眉をしかめた。それから、

「そうだ、ちょいと、これから一緒に行ってくださいよ」

「矢五郎の家にか」

「そうですよ。旦那が一緒だったら向こうだっていやだとは言わないでしょうから

ね」

お種は流し目を向けてくる。

「馬鹿なことを」

源太郎はそんな義理はないと突っぱねた。

「そうですかい、町方の旦那は町人の味方になってくださるんじゃないんですか」

「そんなこと言われても」

源太郎はたじろいだ。複雑な家庭の問題だ。

「いやなら、いいですよ。あたしは、意地でも乗り込んでやるんだから」

「やめておけ」

源太郎は手を振った。

「そんなら、一緒に行ってくださいますか」

「それはできん」

「なら、あたしの勝手にさせてくださいましよ」

これ以上、ここに居てはこの女に使われるだけだ。

「これで、失礼する」

源太郎は踵を返した。

まったく、女というものは怖い。金に目が眩んでしまって、どうしようもなくなっているのだろう。源太郎は辟易しながらも近所での聞き込みを行った。それによると、矢五郎は連日のようにお種の家に通って来たという。

「あんな、女」

あんな女のどこがいいのだと源太郎はさかんに首を捻った。


源之助は八丁堀の組屋敷に帰って来た。暦が変わって七日、つまり朝帰りである。玄関で久恵に出迎えられた。

「遅くなった」

そう一言だけ告げた。久恵は不満そうだったが、それを口に出すことはない。居間に入ったところで源太郎が待っていた。源太郎は凄い顔をしている。

「早いな」

源之助は努《つと》めて明るく声をかけた。

「父上、朝帰りとはいかがされたのですか」

「ちょっとな」

曖昧に誤魔化すが源太郎には通用するはずもない。

「ちょっとではございません」

案の定、源太郎は追及の手を止めない。久恵が、

「源太郎、父上に対してそんな口の利き方は失礼ですよ」

「確かに失礼とは存じますが、朝帰りとは、しかも何も申されないとはいくらなんでも、父上とてあんまりだと思います」

源太郎の主張はもっともである。

「源太郎」

久恵はそれでも源太郎を諌《いさ》める。

源之助は久恵をやんわりと制した。源太郎が訊く。

「父上のことですから、遊びで遅くなったのだとは思いません。きっと、御用。しかも、矢五郎殺しに関する御用で朝帰りとなったのだと思います」

源之助は口を閉ざした。

久恵は御用の話になると思ったのだろう。自分が居てはまずいと、居間から外に出た。

「父上、お答えください」

源太郎は言葉遣いはあくまで丁寧ながら、断固とした姿勢を貫いている。それでも、

源之助が黙っていると、

「わたしも牧村さまも京次も、父上は矢五郎殺しの探索から手を引いたということを信じたのです。それが……。父上は偽りを申されたのですか」

ここに至って源之助は首を横に振った。

「違うのですか」

「矢五郎殺しを追ったわけではない。前にも話したが、掏りの重八だ。重八が頼ってまいった」

重八が己が命を狙われているということから、重八の家に行ったことを話した。

「それで、重八の家に泊まることになった。すると、そこへ、矢五郎の子分紋次が襲撃をかけてきた」

ここまで言った時、源太郎の顔が引き攣《つ》った。

「やはり、紋次は動いたのですか」

「そういうことだ」

「あいつめ！」

「どうした」

「勝手に下手人探しなどしてはならんと、牧村さまと二人できつく言い渡したのです」

「それで治まるはずもなしということだろう。何もしないで指をくわえているなんて、若頭の名折れだろうからな」

源之助の物言いは達観していた。

「まったく、やくざ者というのは始末に負《お》えません」

「当たり前ではないか。だから、やくざ者なのだ。だから、一日も早く、下手人を挙げることだ」

「わかりました」

「なんだか、説教じみてしまったな」

「そんなことは」

源太郎は源之助に意見をしようとして、とんだ藪蛇《やぶへび》になったことを自覚した。

「行ってまいります」

源太郎は急に急いで出て行った。

# 四

入れ替わるように久恵が入って来た。

「すまなかったな」

源之助は珍しく詫び言を言った。

「お疲れではございませんか」

「大丈夫だと言いたいのだが、正直、疲れた。徹夜での御用であったのでな」

「では、お休みになられませ」

「いや、よい。それよりも、腹が減った」

「それは気がつきませんで」

久恵は台所へと向かった。源之助は誰もいない居間でごろんと横になった。腕枕をする。たちまちにして睡魔に襲われる。だが、ここで眠っては出仕時刻に間に合わなくなる。別段、遅刻をしようが、暇な部署ゆえ、支障があるわけではないのだが、それができない性分である。

やがて、久恵の足音に気がついて身を起こした。

「本当に、少しやすまれたらいかがですか」

久恵はいたわってくれた。それはありがたいのだが、そうなると、かえって、意地を張ってしまう。

「これくらいのこと、気にかけることもない」

「ですけど、いつまでもお若くは……」

久恵は言葉を止めた。源之助が不快がると思ったのか目を伏せた。だが、源之助は不愉快な顔をするどころか、頬を緩ませた。

「わかっておる。自分自身が一番わかっておるつもりだ。なに、いよいよとなったら、隠居するさ」

久恵はそれが意外そうだ。まさか、源之助の口から隠居などという言葉が飛び出すなどとは夢にも思っていなかったのだろう。

「今すぐというわけではない。だが、源太郎もずいぶんと自信をつけてきているようだ。もちろん、未熟な点は多々あるがな」

源之助は箸を取った。白米が目に眩しい。若布《わかめ》の味噌汁を啜り上げ、沢庵をぽりぽりと食べる。次いで、茄子の煮付けを食べる。じんわりとした甘辛い煮汁が食欲をそそる。たちまちにして飯を平らげ、お代わりをした。久恵はお代わりをよそい源之助に手渡す。その時、くすりと笑った。

「どうした」

「申し訳ございません。それだけ食欲があれば、まだまだ隠居は早いのではないかと思いましたもので」

「これくらい、当たり前だ」

「でも、源太郎などは、一杯食べるのがやっとという有様ですよ。夕餉にしてもです。夏にはめっきり食欲をなくすんですから、あの子は」

「その代わり、酒を飲むからな、あいつは。わたしは、酒は滅多に飲まんが」

源之助は苦笑を洩らした。

久恵も笑う。

二人はしばらく笑い合った。


奉行所の居眠り番に出仕すると重八がやって来た。

「早いな」

「そら、そうですよ。こちとら命がかかってるんですからね。それにしても、蔵間の旦那、いつまでもお元気ですね」

「そんなことより、いつまでも、ここにいるつもりなのか」

「いや、そういうわけではござんせん。今日は旦那と一緒に行きてえところがございます」

「なら、早速出かけるか」

源之助は言いながら腰を上げようとしたが、そこへ武山英五郎がやって来た。重八は部屋の隅に座っていたが、やがて、武山の視線を気にしてか、外に出て行った。

「何者だ」

武山は目で重八の背中を追いかけながら問いかけてきた。

「昔、面倒を見てやった男です。今日はちょっと、挨拶に来たということでございまして」

武山はそれ以上の関心は示さず、

「井筒屋を訪ねたか」

「勘次郎に会ってまいりました。訴えの内容はじかに聞いてまいりました」

「ならば、高脇の動き、何か探って成果はあるか」

武山は早速に結果を求めてきた。

「それが、まだ」

実際、昨日は矢五郎殺しと重八への対応で手一杯だった。

「そうか」

武山は不満を口には出さなかった。

「なるべく、早くしますので」

「そうしてくれ。何せ、同じ奉行所内でのことだからな、感づかれる恐れがある。くれぐれもな」

武山は言うと外へと出て行った。

また、重八が戻って来た。

「どちらさまですか」

重八は武山について訊いてきた。

「まあ、よいではないか。それよりも、わたしを連れて行きたいところとはどこだ」

「言うよりも、出かけましょう」

重八は言うや先に立った。

外はまだかんかん照りである。

「夏は暑くなくっちゃいけませんよ」

重八は昨日の怯えようはどこへやら、今日は溌剌として意気軒昂である。源之助は自らに気合いを入れるように己が頬を張った。

源之助は重八の案内で両国橋を渡った。

「どこだ」

汗を拭き拭き、尋ねる。

「もうすぐです」

重八はそう訊かれるたびにそう答えた。もう、気が遠くなるような思いに至った時になってようやくのこと、

「そこの突き当たりです」

と、重八が指差したのは回向院《えこういん》の裏手である。

「やれやれ」

そんな疲れを現す言葉を口に出してしまった。

「行きますぜ」

重八は疲れを見せずに家に向かって走る。源之助も自らの身体に鞭を打った。重八はそこの木戸門を潜った。源之助も続く。

母屋は雨戸が閉じられている。

「この家、一体、なんなのだ」

「悪党の住処ですよ」

「ここがか」

源之助が母屋を眺めやった時、雨戸がばたんと庭に落ちた。

そして、数人の侍たちが抜刀して出て来た。これには源之助もまさしく意表をつかれたものである。

「なんだ」

源之助も大刀を抜こうとしたが、その暇はありそうにはない。

「旦那、勘弁してくんなせえ」

重八はぺこりと頭を下げた。

「おまえ、諮《はか》ったな」

源之助は重八を睨む。しかし、不思議と腹は立たない。それよりは己《おの》が不甲斐無さを思った。

重八を寸分も疑わなかった。それはやはり自分の衰えというよりは、同心としての基本を忘れてしまったということだ。

「こちらに来い」

侍の中の一人が前に進み出た。

「わかった」

源之助は言った。男は侍たちに目配せをした。二人が源之助の両側に立って、腰の大小を取った。さらには十手までもが奪い去られた。これで、丸腰である。この連中に従うしかない。

となれば、恐怖心よりも好奇心が勝った。

この連中は一体、何者だ。

そして、井筒屋派なのか春日屋派なのか。

「何処へでも行くぞ」

源之助は朗らかに伝えた。

# 第五章　まさかの大手柄

## 一

源之助は丸腰のまま母屋に連れて行かれ、庭に面した座敷に通された。侍は、

「北町奉行所の蔵間源之助だな」

「人に名前を尋ねるのなら、まずは自分の名を名乗るのが筋なのではないのか」

源之助は強い口調で突っぱねた。

「ほう、評判通りの男のようだ。骨があるぞ。よし、教えてやろう。船橋藩御用方組頭若槻任太郎《わかつきにんたろう》と申す」

船橋藩……。

老中奥野美濃守盛定《おくののみののかみもりさだ》が藩主を務め、昨年まで遠藤道之助が属していた大名家であ

る。

ひょっとして遠藤のことを知っているのだろうか。

若槻は源之助のわずかな表情の変化を読み取り、

「どうした」

「船橋藩を離れた遠藤道之助殿をご存じですか」

「存じておる。奴め、わが配下を斬って逐電《ちくでん》しおった」

若槻こそが、遠藤が不正を質そうとした上役だった。

「それで、わたしに何の用でござりますか」

「仲間に加われ」

「唐突に過ぎますな。一体、どんな仲間だと言われるのですか」

「抜け荷を撲滅する」

「それは御老中奥野美濃守さまのご意向ですか」

「わが同志は船橋藩のみならず、志ある者を募っておる」

若槻の答えは源之助の問いかけを微妙にはぐらかすものだった。

「志とは、抜け荷の撲滅なのですか。それは、御公儀でもしかるべく目を光らせております」

「諸色相場を監督する立場の与力がいいかげんにやっておってはどうにもなるまい」

「高脇さまのことを申しておられるのですか」

「むろんだ」

「そして、その商人とは春日屋庄太郎、ということですな」

「そうだ」

ここで武山のことが脳裏をかすめた。若槻たちは武山と気脈を通じているのだろうか。だが、ここでそのことを訊くことは憚られる。武山のことは伏せておくのがいい。とすれば、

「井筒屋勘次郎をご存じですな」

「知っておる」

「若槻さまは、井筒屋の意向を受けて動いておられるのではございませんか」

「意向を受けておるのではない。我らと志を同じくするものということだ」

高脇が言っていた井筒屋の背後に控える大きな勢力とは船橋藩ということだったのだ。なるほど、老中とは大きな勢力に違いない。

ここで、磯貝が殺された稲荷の近くで目撃された身形の立派な武士ということが思い出された。上等な小袖に絽の夏羽織を重ね、きちんと筋の通った仙台平《せんだいひら》の袴を穿い

た若槻はどこから見ても立派な身形の侍である。

「近頃、浪人者を斬りませんでしたか」

いきなり問いかけた。

若槻はわずかに目元を鋭くしたが、源之助の問いかけには答えることなく、

「仲間に加わらんか」

と、逆に問いかけてきた。

「わたしに仲間に加わってどうせよと申されるのですか」

「春日屋庄太郎を斬ってくれ」

「はあ……」

「春日屋を斬るのだ」

若槻は平然と繰り返す。

「馬鹿なことを申されるな」

同時に内心であんたこそ、庄太郎を斬る依頼を井筒屋勘次郎から受けたのではないのかという問いかけをした。

「おまえは、北町きっての同心。正しいことを貫き通す男と聞いておるぞ」

若槻は大きな声を上げた。

「お誉め、恐縮でござるが、そのためにわたしが、春日屋庄太郎を斬ることにはなりません。第一、春日屋はたとえ抜け荷をやったとしても、それをまずは確かめ、しかるべく証を手にしたのなら、捕縛してお白州にて裁きを受けさせるのが八丁堀同心の役目でござる」

　源之助は堂々と言い放った。

「いかにもその通りだ。おまえの申すこと、何一つ間違ってはおらん。ところがのう、それができれば世話はない。なにせ、春日屋は抜け荷どころか阿片を取り扱っておるのだ。まさしく、亡国の商人。しかもこの商人には北町の与力が後ろ盾ときている」

「だからと申して、斬るなどできるはずはございません」

「だが、おまえは、不正を断固として許さない気性を持っているのであろう。ならば、許せるものではあるまい。春日屋庄太郎はのうのうと生きておるばかりか、阿片などという亡国の薬をはびこらせておるのだ。こんなことが許せるか」

　若槻は源之助の正義感に訴えてくる。

「許せません。しかし、それでもこの世には掟というものがございます。いくら十手を預かるといっても、勝手に裁いていいものではございません。裁きを受けさせることもなく、斬り捨てるとは、それは同心の職務ではございません」

源之助は一歩も引かない姿勢を示した。

「だが、そなた、考えてみよ。春日屋の罪を糾弾するということは、与力高脇多門の罪も暴くことになるのだぞ。そうすれば、北町奉行所にとっては前代未聞の不祥事となる。そんなことになったら、どうする。それよりは、悪の元凶たる春日屋庄太郎を成敗すれば事は片付くのだ」

若槻は威圧するような目を向けてきた。

「できませぬな」

源之助はきっぱりと首を横に振る。

「悪を野放しにすると申すか」

若槻は迫ってくる。

「野放しにはしません」

「では、どうするのだ」

「まずは、春日屋の罪業を確かめます。ほんとうに春日屋が阿片をばら撒いているのなら、そのことを弾劾できるよう整えます」

「さすがは北町きっての腕利き同心だ。言うことは立派なものだ」

若槻は大袈裟に両手を打ち鳴らした。これ以上、この男に関わることはない。関われば、仲間に引き込まれるだけだ。

「これで、失礼したいのですが。それとも、簡単には出してはくださいませぬか」

「かまわん。無理強いするつもりはない。どうしても、応じられないというのなら、無理には引き止めまい。だがな、帰る前に、見せたいものがある」

若槻は立ち上がる。

「なんでございますか」

源之助も腰を上げる。

「ついてまいれ」

若槻は源之助の大小と十手を返した。源之助がそれらを腰に差すのを確かめた上で若槻は座敷を出ると庭に降り立った。源之助も続く。

母屋の裏手に廻る。

そこには板葺屋根の平屋があった。縁側があり、この暑いのに障子が閉ざされている。若槻は雪駄を履いたまま縁側に上がると障子を開けた。

「ああっ」

思わず、源之助は声を上げた。

そこには、男女が十人ばかり、うつろな目でのたくっている。手に煙管《きせる》を持ち、うっとりとなったその顔は明らかに常軌を逸していた。

その中には小さな、男の子や娘も混じっていた。いや、子供たちの顔からは生気が感じられない。

「阿片だ」

若槻は言った。

「この子らは」

「春日屋庄太郎は、阿片を子供たちにも試したのだろう。みな、あちらこちらから寄せ集めた雑多な人間だ。金で釣ってここに集めた。阿片の効能を試すためにな」

若槻の言葉遣いは淡々としたものだけに現場の凄惨さは目を覆いたくなった。

「これは」

阿片の悲惨さを目の当《ま》たりにして源之助はこの暑さの中、全身に鳥肌が立った。

「西洋や清国《しんこく》には、こうした阿片を吸うための阿片窟なるところがあるそうだ。春日屋はこうした阿片窟を江戸中、いや、国中に広めるつもりだ」

若槻の言葉も耳に入らない。

源之助は身体中を震わせた。

「これでも、春日屋のこと、野放しにしておくつもりか」

若槻の声は遠くで霞んでいる。それほどの衝撃だ。

「…………」

あまりの衝撃に言葉が出てこない。若槻は源之助の決断を促すように黙り込んだ。

源之助は気持ちの整理をしてから若槻に向き直った。

「ここは、なんですか」

「ここは春日屋の寮だ。まずは、寮で阿片のことを試していたのだろう」

「それは」

源之助は拳を握りしめた。

「これでわかったであろう」

若槻は静かに告げた。

「まずは、このこと、春日屋に確かめます」

「そんな必要はない。これが何よりの証ではないか」

「ですが、それでも、いきなり、庄太郎を斬ることはできません」

「慎重だな」

若槻は言いながら、配下の侍に水を所望した。源之助にも井戸水を進める。炎天下と眼前の凄惨さによって源之助の喉はからからである。その水はありがたかった。

一息に飲んだ。冷たい水は疲れた心と身体をわずかの間にせよ癒してくれた。

日輪が眩しい。

頭がくらくらとする。目の前の景色がぼやけてきた。

源之助の身体は仰向けに倒れた。目の前が真っ暗になる寸前、若槻の笑顔が目に映った。

二

一方、源太郎と新之助は矢五郎殺しを追っていた。

「蔵間さまは相変わらずだな」

新之助は半ば呆れたように言った。

「父は死ぬまで同心ということでございましょう」

「生涯現役を貫くおつもりなのだろうな」

「困ったものです」

源太郎は言ったものの言葉とは裏腹にそんな父が心持ち自慢なようでもある。新之助は、

「我らとてうかうかとしてはいられない」

「ところで、父が掏りの重八から見せられたという書付に記してあった四人、矢五郎もその中にありました。下手人は磯貝ではないということは、何者かが狙っております」

「やはり、そこへくるか」

新之助も考え込んだ。

と、そこへ、掏りの重八がやって来た。

「すんません、北町の方々ですね」

重八はおずおずと尋ねてくる。

「どうした、とっつあんじゃないか」

京次が応じた。

「く、蔵間の旦那が」

重八はわなわなと震えている。

「どうした」

京次が訊く。

「蔵間の旦那が、春日屋の寮に乗り込んで行かれました」

重八は汗だくとなり、源之助が凄い形相で春日屋の寮に乗り込んで行ったことを話した。

「何故、父は春日屋の寮になど」

源太郎は疑問を呈したが、

「よくはわかりませんが、なんでも、春日屋は許せぬ所業をしているとえらくお怒りになって」

「ともかく、行ってみましょう」

京次は言った。

源太郎と新之助も大きくうなずいた。

源太郎たちは重八の案内で春日屋の寮へと向かった。

源之助はようやくのことで両目を開いた。耳の奥で蟬の鳴き声がする。頭の芯が重たく、ぼんやりとした意識で記憶を辿る。

ここはどこだ。

そんなこともわからないのかと自分を叱咤した時、重八の案内で春日屋の寮にやって来たこと、そこで船橋藩の若槻任太郎に会ったこと、そして、若槻から春日屋庄太郎の悪事を語られ、阿片窟を見せられたことを思い出した。思い出したところで、己が身体に鞭を打ってよろよろと腰を上げる。

と、建屋を見る。そこには阿片患者がいた。そして、源之助の傍らには……。

「春日屋庄太郎……」

春日屋庄太郎が血溜まりの中に倒れている。その惨《むご》たらしい身体は目をそむけたくなるほどだ。更に驚くべきことには源之助の大刀が傍らに転がっている。

源之助はあわててそれを拾い上げる。刃には血糊がべっとりと付着していた。鞘に納めた時に背後で足音がした。

「御用だ」

聞き覚えのある声がした。

振り向くと、源太郎、新之助、京次が走り込んできた。

「これは……」

新之助は立ち尽くした。

「見ての通りだ」

源之助の声には力がない。

「父上、これは、なんとしたことですか」

「罠に嵌《は》められた」

源之助が言った時、

「南町奉行所である」

と、大きな声がした。

八丁堀同心風の男が入って来る。

「拙者、南町の渡辺喜八郎《わたなべきはちろう》と申す」

渡辺が言った。

新之助、源太郎、京次もそれぞれに名乗った。渡辺は源之助に視線を向ける。源之助も素性を告げた。

「おお、北町の蔵間殿か。それは、それは、ご高名は承《うけたまわ》っておりますぞ」

渡辺は慇懃に挨拶をしてから視線を庄太郎の亡骸に向ける。

「まさか、蔵間殿の仕業か」

渡辺の声はひどく乾いていた。

「そんなはずござんせんや」

京次が前に出た。

「だが、状況は蔵間殿の仕業であることを物語っておるではござらんか」

言いながら渡辺は阿片窟を見た。それから、苦々しげな顔になって、

「やはり、そうか。噂はまことであったようだ。いや、春日屋には阿片を扱っておるという噂があった。これは、ひどい」

渡辺は辺りを見回し、源之助の大刀を見た。

「失礼と存じますが、検《あらた》めさせてくださらんか」

源之助はこの血刀を見れば、渡辺の疑いは揺るぎのないものになることを思ったが、見せないと更に疑われると思い大刀を差し出した。

「では、失礼申す」

渡辺は大刀を受け取り、鞘から抜き放った。陽光に煌きを放つ抜き身にはべっとりと血糊が付着していた。

「違う」

言ったのは源之助ではなく源太郎である。源太郎は必死の形相で源之助の無実を訴えた。渡辺は落ち着いたものである。

「しかし、この血糊といい、脇に転がる庄太郎の亡骸といい、これはきっちりとした説明が必要ですな」

新之助が、

「蔵間さま、まずは、話をお聞かせください」

源之助とて自らの潔白を申し立てるつもりである。

「よもやとは思いますが、この事態、わたしは奉行所に報告をします。よろしいな」

渡辺は言った。

「むろんでござる」

新之助は否定することが源之助の罪を認めることになると思ったのか、大きくうなずいた。

「よもやとは存ずるが、北町でこのことをうやむやにはなさらんでしょうな」

渡辺の物言いはいかにも嫌味たっぷりだった。新之助は心外だとばかりに目をむいた。

「その物言いは北町に対する侮辱でござるぞ」

渡辺は小馬鹿にしたように、にんまりと笑った。

新之助は色めき立った。源之助が新之助の腕を摑んで諫める。

「北町のちゃんとした対応を信じておりますぞ」

渡辺はにやにやとした。それから、慇懃無礼を絵に描いたような態度でゆっくりと歩き去った。

「まったくいけ好かねえ野郎だ」

京次は吐き捨てた。

「まったくだ」

新之助も言う。

「まあ、そう、暑くなるな」

当の源之助が一番落ち着いている。

「困ったことになりました」

源太郎は言う。

「遠慮することはない。きっちりとわたしのことを調べてくれ。わたしもその方がありがたい。このままでは、下手人になったような気がしてしまう」

「わかりました」

新之助は言いながら、阿片窟を見やった。

「応援を要請してきますよ」

京次が走り出した。

「自ら、墓穴を掘ってしまったような気がする」

源之助にしては珍しい弱気な物言いである。

「何を申されますか」

「いや、お前たちの忠告に耳を傾けることなく、意地と興味で影御用を行った結果がこれだ」

源之助は眩しげに日輪を見上げた。

「父上……」

源太郎はどんな言葉をかけていいのかわからないようだ。

「ともかくだ、こんなことになってすまない」

源之助は頭を下げた。

「まあ、ともかく、今はこれらの者たちをなんとかせねばなりません」

新之助は阿片窟に巣くう者たちを眺めやった。見るも無惨な様相を呈した男女は春日屋庄太郎の罪深さを物語っていた。しばらくして、町役人たちがやって来た。

みな、あまりの状況に言葉を失い、ただただ、呆然と立ち尽くすのみだった。

「少なくとも、身元を確かめ、家に帰してやらねばならん。いや、その前に医者だ。医者を呼べ」

源之助が指図をした。それから、自分の立場を思ったのか口をつぐんだ。

## 三

源之助たちは北町奉行所に戻った。

そこで、筆頭同心緒方小五郎《おがたこごろう》に昼間の状況を説明した。事が事であるだけに、まずは、内密な協議が必要ということから、居眠り番に集まることになった。

「わたしは、蔵間さまの無実を信じます」

新之助は滴る汗をもろともせずに言う。源太郎は横で唇を嚙んでいる。

「むろんわたしとて、蔵間殿はいかに春日屋の陰謀に憤りを感じられようと、己が怒りで勝手に成敗するとは思えない」

緒方も源之助の無実を信じてくれた。

「やはり、若槻任太郎というお方の仕業とみるべきです」

新之助は断固とした物言いである。

「しかし、相手は船橋藩の藩士」

緒方は苦渋の表情を浮かべた。

「蔵間殿は罠にかけられたのでございます」

新之助は言った。

「わたしが、意地を張って深くのめり込んでしまった失態であることは間違いない」

源之助が反省の弁を述べると重苦しい空気が漂った。

「ともかく、善後策を練らねばならん」

緒方の声も沈みがちだ。

そこへ、

「御免」

と、甲高い声がした。

武山である。みな、威儀を正した。武山の顔を見れば源之助のことが耳に入ったと思われる。裃姿の武山は厳しい顔のまま着座した。

「高脇多門が春日屋庄太郎と結託し、阿片を扱っておるとの疑いが濃くなった。よって、出仕停止じゃ。近々、評定所にて詮議が行われる」

「なんと」

緒方は口をあんぐりとさせた。源之助も言い知れぬ気持ちがこみ上げてくる。

「ついては、蔵間」

武山は厳しい目を向けてくる。

源之助は両手をついた。

「その方、春日屋を探索しておったな」

「いかにも」

武山は緒方に向き、

「実は蔵間には春日屋探索の内命をくだしておった」

緒方も新之助も源太郎も一様に驚きの表情を浮かべた。源之助は緒方の部下という わけではないから、緒方に断る必要はないのだが、影御用を行っていたことの後ろめたさは感じた。

「蔵間は見事な働きにより、春日屋の悪事を暴きたてた」

武山は言う。

「そう、そうですよ」

新之助は話の方向が好転しそうなのを見計らい、すかさず相槌を打つ。

「春日屋庄太郎の阿片を暴きたて、その上で、春日屋庄太郎を成敗した」

「いえ、成敗などはしておりません」

源之助は強く言った。

「いや、おまえは見事に庄太郎を成敗したのだ」

「そんなことはございません。わたしは、重八なる掏りに連れられ春日屋の寮に行き、そこで船橋藩若槻任太郎さまのご案内により、春日屋の阿片窟なるものを見たのでございます。春日屋庄太郎の悪行と教えられ、若槻さまに庄太郎を斬ることを強く勧められました。しかし、わたしはきっぱりと断りました。町奉行所の同心の身として、そんな勝手な振る舞いはできぬと断ったのです。庄太郎はあくまでお白州で裁かれるものだと」

源之助は語っているうちに落ち着きを取り戻した。

武山は目をしばたたき、

「しかし、おまえが庄太郎を斬ったという報せが届いた。南町からな」

「わたしは斬ってなどおりません」

源之助は首を横に振る。

「父は斬っておりません」

たまらず、源太郎が身を乗り出した。

「罪には問わん。むしろ、よくやったと申しておるのだ」

武山は笑みを浮かべた。

「いいえ、斬っておりません」

源之助の断固とした主張を受け、武山は当惑気味だ。

「しかし、庄太郎は斬られておった。おまえの大刀にはべっとりと血糊が付着しておったというではないか」

「わたしは斬っておりません。眠り薬を飲まされ、その場に昏倒しておりました」

「ならば……」

武山は視線を泳がせた。

「斬ったのは若槻さまです」

源之助の一言は空気を益々重いものにした。

「わたしは春日屋庄太郎を斬っておりません」

源之助が斬っていないことを繰り返すと、

「蔵間、おまえは勇者なのだ」

武山は言う。

「そんな……」

源之助はすっかり調子が狂ってしまった。

「明日、御奉行から表彰と褒美が出る」

「ええっ」

源之助は口をあんぐりとさせた。源太郎も父の栄誉を賞賛することを忘れている。

新之助と緒方は複雑な表情だ。

「おまえは北町の勇者だ。江戸に阿片をはびこらせようという春日屋の悪事を暴き、悪党を成敗した。まこと、あっぱれなる男だ」

武山は語っているうちに興奮で声を上ずらせた。

「しかし、偽りの手柄で感状などは頂戴できません」

「偽りではないのだ。御奉行も大変なお喜びなのだ」

「わたしの手柄ではないのです」

源之助はきっぱりと言った。

武山は顔をしかめた。

「融通の利かぬ男よな」

「申し訳ございません」

「謝られても仕方がないが、これはともかく、褒美は受けてもらわねば困る。いや、というよりもこれは御奉行の命令だ」

源之助はそれでも抗《あらが》おうとした。武山はそれを制し、

「緒方、そなたはどう思う」

緒方は額に汗を滲ませた。武山と源之助の板挟みになったような苦渋の表情を浮かべている。搾り出すように、

「蔵間殿はまっすぐなお方、その気持ちはまさしく賞賛すべきもの、わたしたち同心の鑑《かがみ》。その意味からすれば表彰を受けることは我らの励みにもなります」

緒方は言葉を選びつつ答える。武山は源太郎に視線を向ける。

「そなた、父の働きを名誉と思っておるだろう」

「はい、父を尊敬し、父のような同心になるべく奮闘しております」

「ならば、こたびの手柄、胸を張って受け取るのが当然とは思わぬか」

「それは、いかがでしょうか」

源太郎は言葉尻が曖昧になる。

「そうは思わぬのか」

「父は自分が行っていないということを手柄とすることには大きな抵抗があるのです。それは当然のこと、いえ、当然ではないかもしれませんが、正しいことを貫いてきた父のことを思えば、受け入れられないとしても当然でございます」

源太郎の堂々とした主張を聞き、源之助はうれしくなった。武山は二度、三度、首を縦に振った。

「話はわかった。蔵間の言い分ももっとも、いや、蔵間が申すことはまったくもって正しい。正しいのだが、これは是非とも受けてもらわねばならん」

「何故でございますか」

源太郎は聞いた。武山は新之助に視線を向けた。新之助に答えてみろと言っているようだ。それまで、成行きを見守っていた新之助はしっかりと答える。

「高脇さまのことでございますか」

「いかにもじゃ。高脇は春日屋に加担した罪を問われる。北町にとっては、現役の与力が前代未聞の不祥事を起こしたことになるのだ。阿片を広めるなど、御奉行所始まって以来の不祥事。奉行所ばかりか御公儀の信頼をも失墜することになる」

武山はここで言葉を止め源太郎を見る。

「つまり、高脇さまの不祥事を父の手柄によって打ち消そうというのですか」

「打ち消すというよりも、与力が加担した悪事を同心が暴き立てたということだ。蔵間は正しいことを貫いた。与力という権威をものともせず、正しいことを貫いた。まさしく、同心の誇りである。また、北町は決して悪事を揉み消すことのない役所ということではないか」

「そういうことですか」

源之助は声に不満を滲ませた。

「蔵間、これは、北町の名誉がかかっておるのだ」

武山は声を励ました。緒方は唇を嚙み締めている。源之助が黙り込んでいるのは、己が信念と奉行所の事情ということの板ばさみとなり、耐えがたい思いに駆られてしまったからである。

「なあ、蔵間、この通りだ」

武山は両手をついた。

「どうか、お手を上げてくだされ」

「頼む、受けてくれ」

武山はさらに言葉を尽くした。

四

源之助は口をへの字にした。緒方は迂闊には口を開けないと思っているのか、俯き加減だ。

「わかってくれたか」

武山は言う。源之助はそれでも黙っている。

「それから、これは、内々のことだが、高脇のあとの与力へのおまえの昇進も、御奉行は腹積もりをなすっておられるのだ」

これには新之助が驚きの声を上げた。源太郎も目を輝かせている。武山は緒方を見て、

「よき考えとは思わんか」

「実現すればまこと喜ばしいことと存じます」

緒方も源之助が与力に昇進することについては、心底から言ってくれているようだ。

「蔵間、緒方もこのように申しておる。こたびの報償、胸を張って受けよ。よいな」

武山は、「よいな」という言葉を殊更に力を込めて言うと、腰を上げた。武山の姿が見えなくなったところで、

「とんだ、展開になったもんですな」

源之助はあぐらをかいた。

「まったくです」

緒方もすっかり戸惑い気味だ。

「緒方殿にはご心労をおかけします」

「いや、わたしのことはよいのです。ですが、蔵間殿、これで納得されますか」

「とても納得はできませんな」

「お気持ちはわかります」

緒方は言った。

新之助が横から口を挟む。

「ですが、罪人にされそうになったのが、一転、与力昇進の大手柄となったのですからな。これは、不謹慎なことかもしれませんが、喜ばしいことかもしれません」

「それはそうだろうがな」

源之助は浮かない気分であることに変わりはない。

「災い転じて福となす、ということかもしれませんよ」

新之助は重苦しい空気を和らげようとしているのだろう。わざと明るい声を放った。

「そうですよ」

源太郎もそれに合わせた。

「いかにも」

緒方も賛同するのは源之助の気持ちを和らげようとしているためだろう。

「わたしは納得できない」

源之助は搾り出すように言う。

緒方は困った顔をした。

「わたしが我《が》を貫けば、奉行所はえらく迷惑をこうむるのはよくわかります」

「それればかりではござらん。まかり間違ったら、蔵間殿、春日屋庄太郎殺しの罪を着せられ、処罰をされるかもしれませんぞ」

緒方の言葉を受けた源太郎は危機感を募らせたようで、

「父上、父上のお気持ちはよくわかります。ですが、ここは辛抱くださいませんか」

新之助も、

「そうです。蔵間さま、ここは……。長いものには巻かれろというように思われるかもしれませんが、長年にわたって十手御用の最前線に立ってこられたことに対するご褒美というようには受け取れぬものでしょうか」

「わたしも牧村さまのお考えに賛同します」

源太郎も言う。

「そうか、しかしなあ……」

源之助は勧《すす》められれば勧められるほど、気持ちが冷えてゆく。

自分は影御用に失敗したのである。

高脇の依頼で動いた。しかし、なんの真相もつかめないうちに、失敗のまま影御用が終わろうとしている。

奉行所の都合に翻弄されて、立ててもいない手柄で褒美、しかも、与力への抜擢という出世まで目の前にちらつかされた。

それを飲むことは自分の生き方に反するものだ。誇りを捨ててまでも、褒美と昇進を受けるべきか。自分一人だけの問題ではないのだ。奉行所の名誉がかかっている。

自分が受けねば、北町奉行所は大混乱になるだろう。

「みな、わたしのためにすまなかった」

源之助は頭を垂れた。

「いや、お気持ちお察し致す」

緒方は頭を下げて腰を浮かした。新之助も腰を上げようとしたが、

「蔵間さま、一杯行きませんか」

と、誘った。

「そうです。たまにはどうですか」

源太郎もそれに乗る。

「そうだな」

源之助もその気になった。

それからふと真顔に戻り、

「いや、やめておく」

「そ、そうですか」

新之助は当てが外れたようにぽかんとなった。

「おまえたちは一杯、やってくればいいじゃないか」

「はあ」

源太郎は当惑気味だ。

「遠慮するな」

源之助は一朱金を源太郎に渡し、さっさと居眠り番から出て行った。

「父上、どちらへ行かれるのですか」

背後で源太郎の心配そうな声が聞こえる。

「杵屋善右衛門殿を訪ねる」

そう言い残し、立ち去った。

しかし、源之助は杵屋には足を向けなかった。

目指すは船橋藩邸である。

夕暮れとなり、船橋藩邸に着いた。船橋藩奥野家の上屋敷は、駿河台下、富士見坂を下ったところにあった。好天に恵まれると富士山が望める。この日も夕映えに富士の雄姿が鮮やかに浮かんでいたが、源之助に楽しむゆとりはない。

若槻任太郎に取次ぎを頼んだ。すんなりと中へ入れられた。

御殿の控えの間に通される。

すぐに若槻任太郎がやって来た。

「来たか、北町の勇者」

若槻の表情は明るい。

「こたびのこと、若槻さまの策略でございますか」

源之助はいかつい顔のままである。

「策略とはご挨拶だな。お陰で、御奉行から表彰されるのであろう」

「よくご存じですな。やはり、策略でございますな」

源之助は身を乗り出した。

「策略とは人聞きが悪いな。こっちは、春日屋の悪事を暴くという大手柄をおまえにやったのだぞ」

「頼んだ覚えはござらん」

「機嫌が悪いな」

「わたしの機嫌などはどうでもいいのです。あなたさまの狙いが知りたい」

「狙いはこの世を正すことだと申したはずだ」

若槻は冷然と言い放つ。

「それなら、あなたさまが堂々と春日屋庄太郎の悪事を弾劾すればよろしかったではございませんか」

「わたしは、残念ながら町人を弾劾する権限を持たない。それゆえ、町奉行所で辣腕を誇るそなたに依頼をしたというわけだ。感謝をされてもいいと思うぞ」

「本心からそう申されておられるのですか」

「当然だ。おまえには手柄、北町奉行所には権威失墜するところを守ってやったのだ」

若槻は平然と言う。

「まことの狙いを聞きたい」

源之助は問いを重ねた。

「だから、申した通りだ。悪を正し、正義を行うのだ」

「それは、ご立派でございますな」

「だから、おまえは遠慮なく褒美を受け取ればよいのだ。無用の混乱を引き起こすことはない」

「正しいことを貫くことを混乱とおっしゃいますか」

「練達の同心が青いことを申すな」

若槻はそれだけ言いおくとさっさと控えの間から出て行った。

「ふん」

源之助は言いようのない怒りに包まれた。青かろうが、秩序を乱そうが納得できないものはできない。

しかし……。

自分一人ではないのだ。

源之助はしばし、躊躇《ためら》いと混乱の只中に身を置いた。

# 第六章　源之助乱心

## 一

源之助が組屋敷に戻ると既に源太郎も帰っていた。

「なんだ、飲んできたのではないのか」

「ええ、まあ」

源太郎の返事は曖昧である。あまり、酒は進まなかったようだ。

「父上は……」

源太郎はどうするつもりだと訊きたいようだ。

「湯へ行く」

源之助はそう言うなり、湯屋へと出かけることにした。

亀の湯の湯船に浸かった。

様々なことが脳裏を過《よ》ぎる。阿片窟のこと、そこに廃人のようになっていた男女、惨たらしい死に様を示していた子供たち、そして、血溜まりの中にあった春日屋庄太郎。

自分は庄太郎の罪を弾劾するつもりだった。決して許せるものではない。だが、八丁堀同心として斬り捨てることなどはできなかった。

すると、一つの疑問が過ぎった。

あの書付。

磯貝を殺し、矢五郎を殺したのは誰だ。その黒幕は誰だ。井筒屋勘次郎と思っていたが、若槻もからんでいるのではないか。

いや、刺客とは若槻任太郎なのではないか。磯貝殺しの探索で浮かんだ身形のよい侍がそのことを示している。

と、すれば、一体なんのために。

そもそも、今回の一件、一体何があったのか。

そんなことを考えると、益々、今回の褒章、受けるわけにはいかないという気になる。

ざぶりと湯船から上がり、洗い場に座った。すると、

「蔵間殿」

と、野太いが親しみの籠った声がした。振り向くと真っ黒に日焼けした獣《けもの》じみた男がいる。

南町奉行所定町廻り同心矢作兵庫助《やはぎひょうごのすけ》だ。まだ、若いがそのやや強引とも言える探索手腕を源之助は買っていた。妹の美津《みつ》は源太郎の見合い相手であった。

「おお、しばらくだな」

「聞きましたぞ、大したご活躍だそうではないですか」

矢作は背中を流しましょうと言った。源之助は背中を向けた。矢作の豪放磊落《らいらく》さに接してみると、鬱屈した気分が和らいでいく。

「南町でも評判ですぞ。春日屋がとんでもない企てをしていて、それを、蔵間殿は単身乗り込んで成敗してしまった、往年の鬼同心の血が蘇ったのですかな」

矢作は背中を糠袋でこすってくれた。

「よく知っているな」

「南町でも大いに喧伝されておりますからな」

「そういえば、南町の同心渡辺殿、あの場に来られたのだ」

「渡辺、あの男にしては珍しく職務を熱心に行っていたものだ」

「どういうことだ」

「とにかくいい加減な男ですよ。やくざ者の賭場の手入れを教えてやって袖の下をもらったり、商人に言いがかりをつけたりと、とかく噂の絶えぬ男です」

「そうか、そんな男がな」

「渡辺のことはともかく、蔵間殿、大したお手柄ではないか」

「そうかな」

　つい、ぼやきとも取られかねない物言いをしてしまった。

「どうしたのです、浮かない顔をして」

「そんなことはない」

「いや、その奥歯に物の挟まったような言い方。蔵間殿らしく、ないですぞ」

　矢作は背中をこする力を強くした。

「どうも、乗り気がせん」

　源之助は本音を漏らした。

「ははあ、その様子では、今回のこと、何か奥がありそうですな」

「おれは、春日屋庄太郎を斬ってはいない」

「でも、渡辺の話では蔵間殿が庄太郎を斬ったと言っておりましたぞ」

矢作は手を止めた。

「違う。おれは斬っていないさ」

矢作相手だと本音を言ってしまう。かつて、矢作が無実の罪に陥れられたことがあった。それを救ったのは源之助だった。それ以来、粗野だが、芯に優しさを秘めた矢作兵庫助という男に源之助は親しみを覚えている。

「ほんとか、あ、いや、蔵間殿がそう言うのなら、間違いないな。じゃあ、なんでそんなことになったのですか」

「それはな」

と、話そうかどうしようか躊躇《ためら》った。奉行所内の醜聞と船橋藩若槻のことも持ち出さなければならない。

だが、この武骨な男は信用できる。

そう思ったが、この時、数人の男たちが入って来た。それを気にしたのか矢作は口をつぐんだ。

「おれは、褒章を受ける気はない」

源之助は低い声だがはっきりと言った。

「わかった」

矢作は短く呟いてから、

「蔵間殿がそう思われるのなら、そうすればいいさ。信念を貫く。それでこそ蔵間源之助だ。おれが男惚れしただけのことはあるというものでござる」

矢作は声を上げて笑った。

湯の中に矢作の笑い声が響き渡った。


湯屋を出た。

矢作と話をして、湯に浸かったことと相まって澱《おり》のようにわだかまっている物をきれいさっぱり洗い流すことができた。

「ただ今戻った」

玄関からかける声音も朗らかである。そのまま居間に戻る。

「お帰りなさいませ」

久恵は源之助が普段と違っていつもよりも陽気なことに戸惑いを覚えているようだ。

源太郎もきょとんとしていた。

「飯だ」

源之助は言う。

「は、はい」

久恵は急いで食事の支度をした。久恵が出て行ったのを確かめてから、

「わたしは、やはり、褒章を受けない」

源太郎は無言である。

「決めた。もらってしまってはわたしではなくなるような気がする。ひょっとしたら、おまえの出世に関わるかもしれんが、許せ」

源之助は軽く頭を下げた。

「わたしになど頭を下げないでください。実は、牧村さまと一杯飲んで、やはり、父上はお貰いにはならないだろうということで一致したのです」

「そうか、おれはへそ曲がりだからな」

「そうではなく、やはり、父上のご気性からしてお断りになるだろう、と。牧村さまは父上を信念の人、と呼んでおられました」

「かいかぶりというものだ」

「わたしのことならお気遣いなく」

「なんだ、わたしのことに関わりなく、自分の実力だけで、見習いから定町廻りになることができる、か」

「そうではありません。たとえ、干されましても、じっと辛抱しておれば、事情も変わります。御奉行だって、代わるでしょう」

「おまえ……」

源之助は言葉を濁した。

ずいぶんとませた口を利くようになったものである。

「ずいぶんとしっかりしてきたな」

「父上の伜でございますから」

源太郎は笑った。

源之助と源太郎が愉快そうに笑ったところで久恵は夕餉の膳を持って来た。それを見た源太郎が、

「なんだか、腹が減りました」

「牧村さまと飲んできたからよいと申したではありませんか」

久恵は小首を傾げた。

「それが、腹が減ってしまったのです。なに、茶漬けで結構です」

「そうですか、ならば」

　久恵が台所に向かおうとしたのを、

「自分で用意します」

　と、源太郎は居間から表に出た。

「どうしたのでしょう」

　久恵は首を捻った。

「若さだろう」

「そうでしょうか」

　久恵は得心がいかないようだ。

　やがて、源太郎は戻って来た。

　丼と梅干、沢庵を乗せた小皿を持っている。久恵が丼に飯をよそい、源太郎に渡す。源太郎はそれを受け取り、茶をかけた。そして、梅干を乗せると勢いよくかきこみ、うまそうにあっと言う間に平らげる。

　それを呆れたように見ていた久恵だったが、やがて肩をすくめて笑いを洩らした。

　源之助も負けじと飯を食べた。源太郎は競うようにして食べた。

「お二人ともどうしたのですか。何かよいことでもあったのですか」

「いや、ありはしない。ことによったら悪いことがあるかもしれん」

源之助は言うなりお代わりを頼んだ。久恵は益々、戸惑いの色を濃くした。

「わたしも」

源太郎もお代わりを求めた。

二

明くる八日の朝、源之助は玄関で久恵の見送りを受けた。

「行ってらっしゃいませ」

久恵はいつもの通り挨拶をした。源之助も普段通りに出かけようとしたが、ふと、

「ひょっとしたら、おまえに迷惑をかけることになるかもしれん。御用のことでな」

「どんなことかはわかりませんけど、旦那さまがご自分の考えでなさったことでございましょう」

久恵はどっしりと構えた。

女は強いものだ。

妙な感心をしながら表に出た。今日は夏には珍しく、どんよりとした曇り空である。

吹く風は湿っており、雨になりそうだ。

なんだか、今日のことを象徴しているようにも思えるが、そんなことを気にしていたのでは思いやられる。

源之助は不安を払い退《の》けるようにして大手を振って歩き出した。


奉行所にやって来ると普段通り、居眠り番へと出仕した。

まるで源之助の出仕を見計らったように武山が顔を出した。武山は探るような目を向けてくる。

「本日、御奉行が下城されてから用部屋にて感状を渡す。よいな」

「わかりました」

源之助は一応そう返事をしておいた。

それを見た武山は安堵したのかにっこり微笑んだ。

「時に高脇さまはいかにされましたか」

すると、武山の顔は曇った。

「評定所での調べが始まるまで、小伝馬町の牢屋敷だ」

「高脇さまは、春日屋庄太郎と阿片を扱うという罪を認めておられるのですか」

「すぐに自白するであろう」

「ということはまだお認めにはなっておられぬのですね」

「往生際が悪いというか。詳しいことは存ぜぬがな」

武山は次第にしどろもどろとなった。それからはっとしたように、

「高脇のことはよい。そなたには関わりのないことだ」

「そうでしょうか。高脇さまの罪状が明らかになっていないのに、わたしが褒章《ほうしょう》されていいものでしょうか」

源之助は皮肉っぽい笑いを送った。

「高脇のことは我ら町方の手から離れ、評定所での裁きになる。最早、関わりのないことだ」

「評定所におきましては三手掛《さんてがかり》で裁かれるのでございましょうか」

「おそらくはな」

評定所では扱う一件によって裁く形態が異なる。三手掛は町奉行、大目付、目付で行う。四手掛になるとこれに寺社奉行が加わり、五手掛になると勘定奉行が加わった。

「御奉行が裁かれることになるのではございませんか」

「そうなるであろう」

「ならば、高脇さまの罪状を明らかとすることが優先されましょう」

武山は苦い顔をした。

「申し訳ございません。言葉が過ぎました」

「おまえの言い分ももっともだ。もっともだが、御奉行も今日は感状を出そうと用意をなさっておる。その好意を無にしてはならんぞ」

「わかっております」

源之助は一旦はそう答えた。

「ならば、頼むぞ」

武山は念押しをするように言うと居眠り番を出た。

源之助はごろんと横になった。曇り空は相変わらずだ。

いっそ、逃げ出すか。

そう思って、居眠り番の戸口に立った。表に中間《ちゆうげん》が数人、箒《ほうき》を片手に立っている。どうやら、源之助が何処へも行かないよう見張っているようだ。

「厠《かわや》へ行くか」

わざとそう呟きながら表に出た。中間たちの視線が集まる。

「やれやれ」

内心で毒づいた。

厠へ行き、居眠り番に戻った。朝五つとなると、新之助がやって来た。新之助も中間たちに気がついたのだろう。わざと聞こえるように、

「饅頭食べませんか」

と、声を放って入って来た。

「そらいいな」

源之助は手招きをした。

新之助は竹の皮に包まれたそば饅頭を文机の上に置いた。

「出涸らししかないぞ」

源之助は湯飲みに茶を注いだ。かろうじて茶の色がしているだけの白湯《さゆ》の方がよほどましという代物《しろもの》だった。新之助は饅頭を頬ばりながら、

「中間たち、武山さまの手配りですかね」

「決まっているさ。感状を渡される者が、これじゃまるで罪人だ」

源之助は苦笑を洩らした。

新之助は噴き出したが、すぐに真顔になって、

「笑い事ではございませんね」

「いや、笑い事さ」

源之助は声を放って笑った。

「と、おっしゃいますと」

「考えてみろ。わたしはしてもいない手柄に対して感状が与えられるんだ。それも、本人が望むのではなく、ひたすら奉行所の体面を保つためにな。これを笑わないで一体、なんとする」

「そらそうですがね、源太郎さんに聞きましたよ」

「そうか」

源之助は静かに茶を飲む。

「蔵間さまらしいですね」

「融通が利かないことだ」

「そこがいいところです」

「だが、奉行所内は混乱するだろうな」

源之助はふと真顔になった。

「気になさることはありませんよ。このまま、臭いものには蓋をいうことをしていたのでは、いつかは不満が爆発します」

「ま、おまえたちには迷惑をかけるかもしれんがな」

源之助は饅頭を頬張った。

「ならば、これで」

新之助は出て行った。

源之助はここでふと渡辺のことを思い出した。書庫に向かって歩く。南町の渡辺の名簿を取り出し、文机の前に座って中味を見る。

「生まれは安永五年（一七七六）、ということは三十七か。十九で見習いとして出仕、二十五で橋廻り、三十二歳の時に定町廻りとなったか。剣は無外流、山川道場にて目録か」

剣の腕はなかなかのようだ。

待てよ。

無外流山川一心斎道場。遠藤も通う道場、遠藤の話によれば、船橋藩の藩士は通常この道場に通うという。

これは偶然だろうか。

渡辺と若槻とが面識があるのではないか。

なんだか、黒いものを感ずる。

「調べてみるか」

源之助は呟くと戸口を窺った。すぐに中間が、

「どちらかお出かけですか」

と、声をかけてくる。

「ちょっとな」

「失礼ですが、どちらへ行かれるのですか」

「よいではないか」

源之助はぶすっと答えた。

中間は遠慮しながらも行く先を確かめないうちは引かないという雰囲気だ。武山からきつく言われたのだろう。この者たちは悪くない。自分の役目を果たしているにすぎないのだ。

「すみません、蔵間さま、御奉行がお戻りになるまで、こちらでご辛抱ください」

「わかった、わかった」

「よろしくお願い申しあげます」

中間たちは三人、源之助の前に並び頭を下げた。

「もういい。大人しくしているよ」

源之助は大きく伸びをした。それから、文机の前でごろんと横になった。

今日は曇り空。

湿っぽくて涼しくはない。蒸し暑いがそれでも、直接日輪が差し込まない分、暑さを凌ぎやすい。

ごろんと横になった。

すると、何時《いつ》の間にか眠りこけてしまった。

どれくらい経っただろうか。ふと目が覚め自分を呼ぶ声がする。

「なんだ」

寝惚《ねぼ》け眼《まなこ》をこすると、見知らぬ男が、

「お持ちしました」

と、仕出しの弁当が届けられた。

「これは凄い」

源之助がうなったように鯛のお頭つきの凄いご馳走である。漆塗りの重箱が三つ重なり、卵焼き、蒲鉾、天麩羅、煮しめが彩りよく詰められてあった。武山の手配だという。

遠慮することはなかろう。

「いただきます」

早速、箸をつけた。

三

やがて、中間が、

「御奉行が戻られました」

「わかった」

源之助は別段気負うこともなく、居眠り番を出て奉行所の建屋に向かった。鉛色の空に暗雲がたちこめている。雨になりそうだ。これから待ち構えていることと考え合わせると憂鬱になりそうだが、源之助にとっては心を決めているため気にはならなかった。

玄関を入り、廊下を奥に進み用部屋へと入った。上座は空席で武山をはじめ与力が居流れ、同心では緒方が立ち会った。

もものしい様子である。

源之助は下座で正座をした。やがて、武山が、

「御奉行がまいらる」

と、声を放つ。

みな、一斉に頭を垂れた。

奉行永田正道は入って来て、

「蔵間源之助、面を上げよ」

「はは」

源之助はことさらに野太い声を放った。

永田は軽くうなずく。武山が感状を手渡した。永田は浪々とした声で、

「蔵間源之助、こたびの働きは当奉行所の栄誉とするところである」

それから武山に視線を向ける。武山は、

「蔵間、受け取るがよい」

源之助は動かなかった。

それを遠慮と受け取ったのだろう。

「遠慮することはない。近う」

永田が声をかけてきた。

緒方は横目にそっと源之助を窺う。

「御奉行が申しておられる」

　武山が促す。

　ここに至って源之助はすっくと立ち上がった。それから永田をしっかりと見据えた。

「感状、受け取るわけにはまいりません」

　みな、息を呑んだ。武山は目を白黒とさせたがすぐに作り笑顔を浮かべ、

「何を申す……。遠慮することはないのだ。さあ、遠慮せず」

　しかし、源之助は首を横に振り、

「受け取るわけにはまいりません。わたしには受け取る資格はないのですから。何せ、わたしは春日屋庄太郎を斬ってもいなければ、その悪事を暴いたわけでもございません」

　源之助の主張には微塵の揺らぎもない。

「た、たわけたことを」

　武山の声は裏返った。

　その時、稲光が走り、雷鳴が轟いた。直後に雨が降りだす。屋根を打つ雨音が用部屋の空気を重くした。

　与力たちは面を伏せ、口々に言葉を飲み込んだ。

「わたしは至って正気です」

源之助はその言葉を際立たせるため極力落ち着き払った。

「緒方、これはいかなることだ」

武山はすっかり取り乱した。

「それは」

武山はさらに、

「このような勝手な振る舞い、許されると思うか」

源之助はたまらず、

「緒方殿はこのこと与《あずか》り知らぬことにございます」

「おまえに尋ねておらん。蔵間源之助、乱心だ」

武山は怒りを爆発させた。そして、その怒りは緒方へと向けられた。緒方は顔を上げ、

「蔵間殿は決して、乱心などしてはおりません。蔵間殿の信念がそうさせておるのだと思います」

「なにを」

武山が詰め寄ろうとしたが、

「よい」

永田はそれを制した。

「しかし、この者どもの勝手なる振る舞いは許しがたいものでございます」

永田は静かに、

「蔵間、その信念とやら、おまえの独りよがりではなかろうな」

「もちろんでございます」

「おまえ一人の満足を得るための所業ということではないな」

永田は問いかけを繰り返した。

「もちろんでございます」

「しかと相違ないな」

「武士に二言《にごん》はなしです」

「よくぞ、申した。ならば、その信念見せてみよ」

永田は用部屋から出て行った。ざわめきが起きた。武山は苦虫を嚙んだような顔で源之助を睨んだ。それから大きく舌打ちをして出て行った。

与力たちも関わりを逃れるようにしてそそくさと用部屋からいなくなった。

緒方と二人きりになった。

「ご迷惑をおかけします」

「なんの、頭を上げてくだされ」

緒方の声にはゆとりすら感じられた。それから肩を揺すって笑い、

「いや、こうなるだろうとは思っておりました」

「源太郎か新之助から聞いたのですか」

「いいえ、聞きませんでした。二人は話しませんでしたし、わたしも訊こうとは思いませんでした。ですが、蔵間殿のことです。必ず、自分の信念を貫かれると思っておりました」

「どうしようもない、へそ曲がりでございます」

源之助は自分の額をぺこりと叩いた。

「それで、これからどうされるのですか」

「もちろん、探索を行います」

といっても春日屋庄太郎を斬ったのは若槻であろう。問題は若槻がどうしてそんなことを行ったかだ。それには背後にどんな秘密が隠されているかを探る必要がある。

きっと、井筒屋勘次郎が関わっているだろう。

「何かお手伝いをすることがございましたら、なんなりと申されよ」

「いえ、自分で撒いた種。それに、御奉行や与力方の面前でみえを切ってしまった手前、自分で始末をつけます」

「それも、蔵間殿らしいですな」

緒方は微笑んだ。

「では、これにて」

源之助は用部屋から出た。

武山が待っていた。さぞや、罵声を浴びせられると思ったが、

「おまえ」

武山は含み笑いを洩らした。

「申し訳ございません。そうだ、仕出しの代金はお支払い致します」

「そんなものはよい。それよりも、覚悟はあるだろうな」

「むろんです」

「失敗は許されんぞ。北町奉行所の面子《めんつ》がかかっておるのだ」

「それも、十分にわかっております」

「おまえのことだ。決して浮ついた考えからの行いではないと思う。それはわしばかりか、御奉行のお考えでもある。御奉行はおまえのことを殊《こと》の外《ほか》、買っておられるか

らな。実を申せば、こたびのこと、船橋藩の若槻殿からの依頼であった。御奉行は商いにお上が介入することを快くは思っておられぬが、船橋藩の意向を無下《むげ》にはできなかったのだ。だからあまり無茶はするな」

武山は源之助を懐柔しようとでもいうようだ。

これ以上、相手にはならない方がいい。

「では、これにて」

源之助は踵を返した。

奉行所を出た。土砂《どしゃ》降りである。

「急がねばならんな」

源之助は蛇《じゃ》の目傘を差す。

すると、傘を差した男が近づいて来た。

「蔵間さま」

男は京次である。

「へへへ、一騒動起こしたんでしょ」

「馬鹿なことを申すな」

「牧村の旦那に聞きましたよ。蔵間さまは決して褒美をお受けにならないだろうって。それで、お手助けしてこいって言われましてね」

「新之助の奴、そんなことを」

「じゃあ、行きますか」

源之助は空を見上げた。雨足は強くなった。雪駄を脱ぎ、懐に入れる。次いで、単衣の裾をからげ、帯に挟んだ。京次も同じようにする。

「暑気払いになりますかね」

「いや、いや、まだまだだろう」

源之助はぬかりみに足を踏み入れた。ぴしゃぴしゃとした足音が耳につく。なんだか、楽しい気分になるから不思議である。

「何処へ行きますか」

京次も泥を跳ね上げ訊いてきた。

「まずは、掏りの重八だ」

「あの老いぼれ、性懲りもなく掏りを続けているばかりか、世話になった蔵間さまを騙すなんて、おおよそ、人の道に反する野郎ですぜ」

# 四

源之助と京次は重八の住む薬研堀へとやって来た。

すると、その近くの自身番で町役人に呼び止められた。

「掏りでございます」

町役人の一言で源之助も京次も重八であるということを予感した。二人は自身番に入った。案の定、重八がいる。

「旦那、すんません」

重八は両手を合わせて源之助を拝んだ。

「とっつあん、あんた、蔵間さまを騙したな」

京次は摑みかからんばかりの勢いだ。

「か、勘弁だ」

重八は悲鳴を上げる。

源之助は怒りの形相の京次を宥《なだ》める。

「話してみろ」

源之助は静かに告げた。

「嘘つくんじゃねえぞ」

京次が釘を刺した。

重八はおっかなびっくりな様子で首を何度も縦に振る。

「あっしは、殺された浪人から紙入れを掏った。それは本当ですよ。これでも、読み書きができますからね、それで、とんでもねえ書付を読んだ。で、怖くなって蔵間の旦那に相談に行ったんでさあ。それは、本当ですよ。この命にかけましてもね」

「ほんとかよ」

京次は疑わしそうな目で重八を見る。重八は両目を見開いて何度もうなずいた。源之助は黙って話の続きを促す。

「それから、あっしの所に怪しげな人影が現れるようになりましてね、それで、また、蔵間の旦那のところに泣きついた。それも、本当です」

重八が言うには源之助に泊り込んでもらって矢五郎一家の襲撃をかわしたものの、それから、

「怖いお侍が訪ねて来たんですよ」

「なんだ、侍って」

京次が聞くとそれには源之助が答えた。

「船橋藩の若槻任太郎だな」

重八は喉を鳴らして首を二度縦に振った。

「若槻さまは、おまえが紙入れを掏ったのだとあっしのことを散々に脅しました。あっしは、肝が縮みました。もう、ほんと」

重八の表情はまさに唇が真っ青となり、真実であることを物語っていた。

「それで、蔵間さまを罠にかけるよう若槻ってお侍に言われたってことかい」

京次は言った。

「そ、そうじゃねえですよ」

重八はかぶりを振る。

「じゃあどういうつもりなんだ」

京次は詰め寄る。

「だから、あっしは、恩ある蔵間の旦那を裏切るような真似はできないって、そう言ったんですよ」

「なら、どうして、春日屋の寮なんかに蔵間さまを案内したんだ」

「それは、そうすることが、旦那のためになるって、言われたんですよ」

「ためだと」

「ええ、そうです。若槻さまは旦那に手柄を立てさせるって、そう、おっしゃって」

「それに乗ったってことだな」

京次は言った。

「本当ですよ、あっしは、旦那のためだと思って、やったんですよ」

「出鱈目《でたらめ》言うと承知しねえぜ」

京次は声を荒げた。

「だって、旦那、実際に大手柄を立てなすったんでしょ。だから、あっしは、大喜びしていたんですよ」

京次は懐から瓦版を取り出した。

「なんだ」

源之助が目をむく。重八は瓦版を手渡した。そこには、春日屋の阿片騒動が書き記されている。

そして、北町の同心蔵間源之助は敢然と一人、その巣窟に乗り込み、悪党である春日屋庄太郎を成敗したとあった。

「ふん、馬鹿馬鹿しい」

源之助は放り投げた。

「ですから、あっしは、てっきり、旦那も大喜びだろうなんて思ってたんですよ。それで、今のなんていいましたっけ、居眠り番なんて暇な部署じゃなくって、元の定町廻りにお戻りになるんじゃないかって、あっしも喜んでいたってことですよ」

「まったく、めでてえ奴だね」

京次は顔をしかめる。

「そうだ、あっしはとんだ馬鹿者でさあ。喜んだのも束の間、昨日の晩も怖いお侍が家の近くに来て、あっしを付け狙って……」

「口封じということかい」

「たぶんそういうことだと思いますよ」

「それで、怖くなって、自身番に飛び込んで蔵間さまを待っていたってことだな」

重八はうなだれた。

「おまえはわたしのためを思ってやってくれたということだろう」

源之助の寛大な言葉を重八は現金に受け止め、

「そういうこってすよ」

と、破顔した。顔中の皺が深くなった。

# 第七章　助っ人

## 一

その日の昼九つ（午後零時）柳橋の料理屋卯月《うづき》の門口に井筒屋勘次郎が姿を現した。上機嫌で女将の見送りを受けているところへ、源之助はつかつかと近づいた。一瞬、勘次郎は戸惑いの表情を浮かべた。が、すぐに源之助に気がついた。

「蔵間さま、大手柄をお立てになったそうで、おめでとうございます」

「手柄などは立てておらん」

源之助は即座に否定した。

「瓦版を拝見しましたよ」

「瓦版などというものは出鱈目なものだ」

「そうは思いません。手前どもの頼みをお聞きくださったものと感謝しておるところでございます」

「ともかくだ、わたしは春日屋庄太郎を成敗などはしておらん。それよりも、そなた、春日屋に異常な敵愾心《てきがいしん》を抱いておったな」

「いかにも、あのような悪党なのですよ。阿片などというとんでもないものを持ち込んで、許せない男でございます」

「船橋藩の若槻さまを存じておろう」

「はい、船橋藩にはご贔屓《ひいき》にしていただいております。若槻さまはいわば、上得意さまでございます」

「その若槻さまはおまえの依頼で春日屋を成敗したのではないのか」

「確かに若槻さまには春日屋のことを相談はしました」

「それは認めるのだな」

「はい」

「ならば、若槻さまに北町の高脇さま、火炎太鼓の矢五郎、浪人遠藤道之助、それに春日屋庄太郎殺害を金で依頼したのではないのか」

「そんな恐ろしいこと、わたくしがするはずはございません」

「しかとか」

「むろんです」

「ま、おまえが、認めることはないがな」

源之助は皮肉な笑みを投げかけた。

「蔵間さま、いくら、八丁堀の旦那といっても、申されていいことと悪いことがございましょう。手前は薬種問屋組合の肝煎りをしております。そのわたしが、金で人を殺《あや》めるなど、人の命を助ける薬種を扱っておる者がそのようなことをするはずがございません。それとも何か証でもございますか」

勘次郎の目は据わっていた。

だが、それくらいのことでひるむような源之助ではない。勘次郎の言葉を軽く聞き流し、

「証はない」

「それでわたしを糾弾なさろうというのですか。あまりに非道。御奉行所に対して然るべく抗議をしたいところですが、今回は奉行所の勇者のあなたさまをこれ以上は責めたりはしません。大目に見ましょう」

「ほう、大目にな、それはかたじけない」

源之助は皮肉な笑みを投げかけた。

「蔵間さま、せっかく、大手柄をお立てになられたのです。どうか、このまま……」

「このまま、大人しくしておれということか」

「大人しくとは申しません。あまり、事を荒立てることのないようになされよ、とご忠告申し上げておるのです」

「余計なお世話だ」

源之助は睨んだ。

「まったく、噂通り、いや、噂以上の方ですね」

「融通が利かないと申すか」

「そうではございません。気骨のあるお方だと申し上げたいのです」

「誉めてくれるのか」

「もちろんです」

「だがな、あまりに誉める人間というものは信用できないものだ」

「これは手厳しいですな」

「薬を扱っておるのなら、わかっておろう。良薬は口に苦しだ」

源之助は笑った。

「おせごもっともでございます」

「ならば、今日のところは帰る」

源之助は言うとその場を去った。

近寄って来る京次に向かって、

「これで、勘次郎が動く」

「わかりました。張り込みます」

「頼む」

源之助は言うと、京次から離れた。

源之助はその足で小伝馬町の牢屋敷にやって来た。

二千七百坪の敷地の周辺を堀が巡り、堀の内側には土手に七尺一寸の練塀が築かれている。堀には藻が繁殖して水面を緑が覆い、水底を見通すことはできない。町屋の中に砦のような姿を現す牢屋敷は、夏の最中にあっても寒々とした雰囲気を醸し出していた。

高脇は侍ということで、大牢ではなく揚屋《あげや》に入れられている。

しばらくして面番所にやって来た高脇は粗末な木綿の着物を着てすっかり憔悴して

いた。目も死んだ魚のようにどんよりと濁っていた。

「蔵間か……」

「元気そうで」

と、形《かた》通りの声をかけたが、高脇は自嘲気味な笑みを浮かべるばかりである。

「高脇さま、春日屋のことですが」

「聞いた」

高脇は短く答えた。それから力ない声で、

「大した手柄を立てたそうではないか」

「立てておりません」

「おまえが春日屋の阿片を暴き立てたと聞いたぞ」

「出鱈目でございます。仕組まれたのです。船橋藩若槻任太郎とおそらくは井筒屋勘次郎に」

「どういうことだ」

死んだような高脇の目に光が宿った。

「わたしは春日屋の阿片を暴いてもいませんし、庄太郎を斬ってもおりません」

「まことか」

高脇は背筋をぴんと伸ばした。

「わたしは嘘は申しません。それに、高脇さま、春日屋が阿片を扱っておること、ご存じでございましたか」

「いいや、そんなことを知っていれば、春日屋になんぞ肩入れはせん。わたしが春日屋庄太郎に共鳴したのは、商人としての矜持《きょうじ》に感銘したからだ。と、申しても、庄太郎から過分の接待を受け、賂を受け取っていたのは事実」

高脇は複雑な表情を浮かべた。

「それで、高脇さまは罪をお認めになるのですか」

「認めざるを得ない。春日屋に加担した悪与力という筋書きが出来上がっておるのでな」

高脇は薄笑いを洩らした。

「諦めると申されるか」

「そう、熱くなるな」

高脇は投げやりな態度を取った。

「まるで他人事《ひとごと》ですな」

「もう、覚悟を決めた」

「諦めるのは早いですぞ」

高脇は彷徨《さまよ》いがちだった視線を源之助に定めた。

「わたしは、御奉行からの感状の受け取りを拒否しました。春日屋の阿片の暴きたても、庄太郎を斬ったりもしなかったからです」

「それで、何をしようというのだ」

「庄太郎を斬った下手人を挙げます。その男は磯貝を殺し、火炎太鼓の矢五郎も斬った。斬ったのは若槻任太郎。若槻任太郎を弾劾します」

「船橋藩の若槻さまをか」

「わたしは、追い詰めます。そして、それは井筒屋の罪を暴くことにもなるかもしれません。わたしは引く気はございません」

「覚悟を決めておるようだな」

高脇は真剣な目で見てくる。

「わたしに二言はございません」

「さすがは、蔵間源之助だな」

「お誉めくださるのは成就してからのこととしてください」

「それはそうだが、わたしなんぞはこの体《てい》たらくだ。情けなきことこの上ない」

「人は首が繋がっておるうちは望みを捨ててはいけないものと存じます。高脇さまも決して弱気になってはなりません。しっかりと心を強く持ってください」

「よう申してくれた」

「しかとですよ」

「大きな声でわかったと答えたいところだが、明後日には評定の場で裁きが行われる」

「若槻さまと井筒屋の罪が明らかとなれば、高脇さまのお取調べもやり直しとなるでしょう」

「そう、うまい具合にいくものかのう」

高脇は腕を組んだ。

「わたしがやってみせます」

「おまえを信用しないわけではないが、いかにも相手が悪い」

「ですから、それをやり遂げるのです」

「いや、おまえも、あまりやりすぎると面倒なことになるぞ」

「もうなっております」

「しょうのない奴だ」

「それがとりえでございます」

源之助のいかつい顔が歪んだ。

二

一方、新之助と源太郎は春日屋にいた。主を失い、阿片を取り扱ったということで、春日屋は看板を外され、大戸は閉じられている。奉公人たちはいなかったが、店の薬はそのまま残してあり、近々のうちに薬種問屋組合で取り扱いを決めるという。

このため、肝煎りたる井筒屋の奉公人たちが、薬の管理を行っていた。薬は裏庭の大八車に積まれて、整然と並べられていた。新之助と源太郎は、これらが全ての薬種だということを井筒屋の奉公人たちに確認をした。

「手分けをして、阿片を探そう」

新之助は言った。

「わかりました」

源太郎は大した張り切りようである。

二人は炎天下をものともせずに薬種に向かった。木箱を開け紙に包まれた漢方薬を丁寧に検《あらた》める。一つの大八車には木箱は二十個から三十個積まれてあり、全部で大八車は十あった。

一つの大八車を調べるのに四半時ほども要した。二人とも羽織を脱いで汗みずくとなって調べる。

初めのうちこそ、

「ありませんね」

とか、

「もっとよく見ろ」

などと言いながら調べていたが、次第に無口になり、最後の大八車を探す頃には焦燥感が漂った。そしてついには、最後の木箱にも阿片がないことを確かめた。

「ありませんね」

源太郎は首を捻った。

「ないな」

新之助は言うと、土蔵を開けた。中はもわっとした空気が漂っていた。だが、米や薪、炭の類はあったが、阿片どころか、薬種の類《たぐい》は一切なかった。

「どこにもありません」

源太郎は当惑気味である。

新之助は考え込んだ。

「井筒屋が持って行ったのでしょうか」

「そんな暇はなかった。それに、阿片に手をつけたとなると、ただじゃすまないことは井筒屋自身がよくわかっている」

「となると、阿片は一体何処へ行ったのでしょう」

二人は無言で思案をしていたが、やがてどちらからともなく、

「井筒屋に訊いてみますか」

と、いうことになった。

「そうですね」

源太郎は再び、勇んだ。


新之助と源太郎は井筒屋を訪れた。すぐに勘次郎が応対に出た。

「これは、これはご苦労さまです」

「今、春日屋の薬種整理を見聞した」

新之助が言う。

「この暑い中、まことにご苦労さまです。春日屋の薬種はわたしが責任を持ちまして問屋組合で公平に分けたいと存じます」

勘次郎はもっともらしい物言いだ。

「それはよいのだが、一つわからないことがある」

「なんでございましょう」

「阿片だ。春日屋は大量の阿片を扱っておったのだな」

「そうですが」

勘次郎の声音に不審なものが滲んだ。

「どこにも見当たらないのだ」

「はあ」

「消えてしまった」

新之助は源太郎を眺めやる。源太郎も応じるようにうなずく。

「どこぞに隠してあるのではございませんか」

勘次郎は言う。

「いや、我らは徹底して探した」

「いかにも、それはもう、隅々まで」

源太郎も強く言う。

「しかとですか」

「当たり前だ」

新之助は勘次郎を睨んだ。

「では、庄太郎が隠したのでしょう」

「そんな暇など庄太郎にはなかったと思うがな」

源太郎は首を捻った。

「きっと、何処かに隠したのでございますよ。それをお調べになるのが御奉行所ではございませんか」

勘次郎はぬけぬけと言い放つ。

「何処を調べればよい」

「それはわかりません」

勘次郎の物言いはいかにも新之助と源太郎を小馬鹿にしたものだった。

新之助は不機嫌に、

「ともかくだ。春日屋の薬種、公平に分けるのだぞ」

「かしこまってございます」

「ならば、これでな」

新之助は腑に落ちないと思いながらも腰を上げた。源太郎も同様である。

井筒屋を出たところで、

「あの男、本当のことを言っているのですかね」

「そうは思えぬな」

「となると、庄太郎は阿片をどうしたのでしょうか。果たして本当に阿片を扱っておったのでしょうか」

「そう、考える前に、お種だ」

新之助が言うと、源太郎は眉をひそめた。

「どうした」

「あの、女、いけすかないことこの上ございません」

「おまえな、そんなことはどうでもよいのだ」

「まあ、そうですが」

「ならば、行くぞ」

新之助はすたすたと歩き出した。源太郎もやれやれというように歩いて行く。

二人は神田明神下にあるお種の家の前に立った。

「御免」

と、言うのと同時に新之助が越戸を開けた。お種と一緒に紋次もいた。紋次は新之助と源太郎の顔を見てはっとなった。

「おう」

新之助が声をかける。

「こりゃ、どうも、ご苦労さんです」

紋次は言うと腰を上げ、

「なら、お種さん、手切れ金の件は任せてください」

「お願いします」

お種は神妙になった。

「手切れ金か」

源太郎はお種の強欲さを責めるような口調になった。

「あら、いつかの、見習いの旦那じゃござんせんか」

お種はいかにも源太郎をなめている。源太郎は、

「それよりも訊きたいことがある」

「おやまあ、怖いこと」

お種は新之助に向いた。

「阿片、誰からもらった」

新之助は鋭く斬り込んだ。

お種は一瞬、視線を泳がせていたが、

「そのことでしたら、前にもお話したように、死んだ矢五郎ですよ」

「矢五郎は誰からもらったのだろうな」

「あたしが知るはずござんせんよ」

「おや、おかしいな。この前は春日屋だとおまえは父に言ったぞ」

「そうでしたかね」

お種は惚けている。

「しっかりと言った。間違いはない」

源太郎は詰め寄る。

「そうでしたかね、それで、春日屋さん、そうだ、あなたさまのお父上さまが成敗をなすったんですってね」

お種は見習いさんからあなたさまという具合に呼び方を変えた。

「いかにも」

源太郎は一応そう応えた。

「じゃあ、間違いないじゃございませんか」

「父は春日屋を斬ったりはしていない」

「そんなことないですよね。大そうな評判ですよ」

「斬ってはおらん」

源太郎は強く言った。

「息子さんのあなたさまがそうおっしゃるのなら、それが正しいということですか」

「もう一度訊く。矢五郎ではなく紋次から聞いたのだな。阿片は春日屋からもらったと」

「そうだったと思いますよ」

お種は小首を傾げた。

「矢五郎ではないな」

新之助が強く迫った。曖昧な答えは許さないといった態度だ。

「紋次です。紋次が言いました」

「紋次がな」

新之助である。

「そう、確かそうでした」

お種は従順になった。

「よしわかった」

新之助である。

「邪魔したな。もう、二度と、阿片には手を出すな」

「わかってますよ。瓦版で見ましたよ。阿片てのは本当に怖いって」

お種は身をすくめた。

三

お種の家をあとにした。

「これは、怪しいな」

新之助が疑問を投げかけると源太郎もうなずく。

「京次の家に行ってみるか」

「父もいるかもしれませんね」

二人は神田三河町の京次の家に向かった。

家が近づくと三味線の音がする。夕暮れとなって、幾分か涼しい風が通り汗ばんだ身体を優しく包んでくれた。

「御免」

新之助が格子戸を開けると三味線の音色がやんだ。お峰が出て来た。

「京次はまだ帰っていないようだな」

「ええ、なんだか、今日は馬鹿に張り切って出て行きましたよ」

「そうか」

新之助も源太郎もそんな京次が微笑ましく思えた。丁度、折よく、

「けえったぜ」

京次は勢いよく戻って来た。

「京次、大張りきりだな」

新之助の声音も軽やかだ。

「おお、こりゃ、お二人揃って」

京次は言ってから、

「埃っぽくていけねえや、表に水を撒きな」

京次に言われて、お峰は玄関前に水撒きを始めた。

「お二人でやって来られるということはいいことがあったんすかい」

「いいことではない、おかしなことだな」

新之助は言う。

「そっちはどうだった」

源太郎が尋ねた。

その時に、

「すみません、ごめんなさい」

お峰の声がし、次いで源之助の声がした。

すぐに源之助が入って来た。着物の裾をまくっている。どうやら、お峰の撒いた水が撥ねたようだ。お峰に乾いた布切れを渡されて裾を拭きながらやって来た。

「まったく、そそっかしい野郎だぜ」

京次は顔をしかめる。

「かえって、暑気払いになったぞ」

源之助は笑顔だ。

「旦那、本当に申し訳ございません」

お峰が言うと、

「いいから、西瓜《すいか》でも切れよ」

京次に言われてお峰は出て行った。

「揃ってなんだ」

源之助が訊く。

新之助と源太郎は顔を見合わせていたが、すぐに源之助に向き直り、源太郎が言った。

「春日屋を検分したのですが、阿片のかけらも出てこなかったのです」

「そうか」

源之助はにんまりとした。

「春日屋の薬種箱、土蔵、どこにもありません」

源太郎が付け加えた。

「やはりな」

源之助は合点がいったように大きく首を縦に振る。

「井筒屋勘次郎を訪れたのですが、勘次郎は惚ける風でございました。それで、お種を訪れたのです」

新之助は、お種が矢五郎からもらったのだが、

「その先、春日屋ということでしたが、これがどうも曖昧でして」

新之助の言葉に源太郎が付け加えた。

「紋次が、親分は春日屋の旦那からもらったと言っていたんだそうです」

源之助は眉間に皺を刻んだ。

「こりゃ、どういうことでしょうね」

京次が言う。

「春日屋は阿片を扱ってはいなかったということじゃないですか」

源太郎が答えた。

「そういうことだな」

源之助は断じた。

「すると、阿片は……」

京次は言葉を止めた。

「井筒屋勘次郎以外には考えられん」

源之助は断定した。

「ひでえ野郎ですね」

京次は不満顔だ。

「ひどいには違いないが、相手は薬種問屋の肝煎り、背後には御老中奥野美濃守さまがついているとなれば、迂闊には手出しできませんよ」

新之助はあくまで落ち着いている。

「だけど、このままにはできませんよ」

源太郎は怒りを表に出した。

「そうですよ」

京次はここで、井筒屋勘次郎が船橋藩の若槻任太郎と料理屋で会っていることを報告した。

源之助はうなずいてから、

「どうやら、絵図ははっきりとしてきたな。井筒屋勘次郎は新興勢力たる春日屋庄太郎に脅威を感じた。いや、それ以上の気持ち、危機感を抱いたのだろうな」

「殺すような危機感というのは、どんなものなのでしょう」

源太郎が尋ねる。

「これは勝手な想像だが、阿片というのは抜け荷だ。庄太郎は新興の薬種問屋。通常、薬種というものは長崎の会所から大坂の薬種問屋にもたらされる。そして、大坂の薬種問屋から江戸をはじめ、全国に行き渡る。これが、正規の道筋だ。ところが、春日屋庄太郎は新しい道筋を見つけたと申しておった。それはおそらく、大坂の問屋も長崎の会所も通さない道筋なのだろう」

源之助の言葉にみな黙り込み、思案をこらした。源太郎が口を開く。

「では、井筒屋は薬種問屋の肝煎りとして、秩序を乱す春日屋庄太郎を許すことができなかったということでしょうか」

「それもあろうが、それだけではあるまい。おそらくは、井筒屋も抜け荷をやっており、その抜け荷にとって、庄太郎は障害となったのではないか」

源之助は言ってから、「これは想像だがな」と付け加える。

「許せない」

源太郎は拳を震わせた。

「摘発だ」

新之助は拳を突き上げた。

源之助はうなずきながらも、

「それには、きちんとした手続きを踏むことだ」

「と、言いますと」

源太郎が問い返す。

「おまえたち二人で乗り込んでは駄目だ。相手は何度も申すが薬種問屋の肝煎り、店の中を探すとなると、商いを中断しなければならん。それは大事《おおごと》だ。その商いの最中、おまえたちで探すのは大変だ。わたしや京次が加わっても知れている。探している最中、目の届かないところで、阿片を始末する算段をすることは容易だ。であるから、緒方殿から与力さまに言上《ごんじょう》し、御奉行の許可を取って、正規の手入れを行うのだ」

「わかりました」

源太郎は大きくうなずく。

「それでよい。手入れにはわたしも加わりたい」

「もちろんです」

新之助は強く言った。

「全身に血が駆け巡るようだな」

源之助はいかつい顔を綻ばせた。

「蔵間さま、まことお若いですね」

京次はうれしそうだ。

「まだまだおまえらには負けん」

そこへ、お峰が西瓜を持って来た。

「こいつは美味《うま》そうだ」

源之助は一番大ぶりの西瓜を手にし、口を大きく開けてかぶりついた。

「お若い、まこと、お若い」

京次は言う。

「ほんと」

お峰もうれしそうだ。

「なんだか、恥ずかしくなってしまうな」

源之助は頭を掻いたが、食欲を抑えることはできない。西瓜の甘味とみずっけは一日の疲れを癒してくれた。

「お酒、召し上がりますか」

お峰が訊いてきた。

「いや、わたしはよい」

源之助はきっぱりと断る。それから、新之助と京次に向いて、

「おまえたちは飲んでゆけばいいだろう」

「はあ」

源太郎はきょとんとした。

「源太郎さん、一杯いきましょうや」

京次は言う。

「はあ、でも」

源太郎は躊躇いを示した。

「飲もう」

新之助が言う。

「ならば」

源太郎も折れるようにして誘いを受け入れた。

「ゆっくりしてまいれ」

源之助は腰を上げた。

「旦那も遠慮なさらず」

お峰は勧めた。

「いや、わたしはよい。夕風に身体を涼ませるさ」

源之助は足早に出て行った。

四

その足で井筒屋に乗り込んだ。

「勘次郎を出せ」

源之助は大きな声を放つ。

手代があわてて奥に引っ込み、勘次郎が出て来た。

「どうなすったのですか、大きな声で、もう、店仕舞いですがね」

勘次郎は言う。

「阿片を扱っておるのはおまえだな」

「何を藪から棒に」

「惚けるか」

「いい加減になさりませ」

勘次郎はこれ以上は相手にならないとばかりにくるりと背中を向けた。

「手入れをしてやるぞ」

源之助は声を放つ。

勘次郎は立ち止まり源之助を振り返った。

「できるものなら、やってみなされ、この老舗薬種問屋相手に。堂々と受けて立とうではございませんか」

「その言葉、確かに聞いたぞ」

源之助はいかつい顔で睨みつけた。

「もちろんでございます。蔵間さまこそ、お覚悟はあるのでしょうな」

勘次郎はふてぶてしい態度をありありとした。

「武士に二言はない」

「商人も信用が全てでございます」

勘次郎は敢然と受けて立った。

源之助はもう一睨みを加えてから踵を返した。

背後で、

「塩を撒け」

という勘次郎の声がした。

源之助は舌打ちをして表に出た。そこに見たような男が立っている。

「遠藤殿」

源之助が声をかけると、

「しばらくです」

遠藤道之助は軽く頭を下げた。

「遠藤殿、ここで何をしておられます」

「いや、別に。蔵間殿こそ」

「わたしは探索ですよ」

源之助は堂々と言い放った。

「それは、それは」

遠藤はどう返事をしていいのか答えに窮しているようだ。

「遠藤殿、まさか。若槻さまを狙っておられるのですか」

「いや、それは」

「そうではござらんか」

遠藤は口ごもりながら歩き出した。源之助は黙ってついて行く。

「いや、わたしは」

「腹を割ってくだされ」

　源之助は精一杯の笑顔を作った。遠藤は心を定めたように、

「お察しの通りです」

「やはりですか」

「若槻だけは許せない」

　かつての上役ながら、遠藤は既に若槻のことを呼び捨てにした。

「それに、春日屋殿の無念を晴らしたい」

　遠藤は言った。

「庄太郎に好意を抱いておるのですか」

「庄太郎は決して誉められた男ではございませんでしたが、恩があります」

「ご妻女へ薬を用立ててくれたことですか」

「それから、暮らしが立つよう矢五郎のことを紹介してくれました。それは庄太郎なりの打算なのでしょうが、それでも、庄太郎の古いもの、商いの慣習を打ち破ろうという気概には大いに買うべきものがあると存じます」

　遠藤の声は弾んでいた。

「いかにも、そのような点は認めたいと思いますよ」

「蔵間殿も賛同くださるか」

「賛同まではいきませんがな」

「やはり、町奉行所の同心という立場では迂闊な返事はできませんか」

「いや、そういうわけではありません。わたしは町奉行所の同心と申しましても、居眠り番と揶揄される立場の人間でしてな。いわば、閑職に身を置く者。だからと申して、勝手な振る舞いが許されるものではござらんが、わたしは好き勝手やっております」

「蔵間殿は好き勝手と申されるが、それは己の信念に基づいた行いと存じます」

「それは、買いかぶりと申すもの」

「そんなことはございません」

「それより、まこと、若槻さまと刃を交えたいと思われますか」

「むろんです」

「ならば、その言葉しっかりとわたしの胸に受け止めましょう」

「よろしくお願いする」

遠藤は静かに立ち去った。

家に戻った。

久恵が、

「お客さまですよ」

誰だと問う前に、

「蔵間殿、お帰りなさい」

と、矢作兵庫助が出て来た。

「頼もしい助っ人来《きた》る、だな」

源之助は頬を綻《ほころ》ばせ玄関を上がった。

「飯、まだであろう。一緒にどうだ。それとも、酒か。酒を買って来てくれ」

源之助が言うと、

「酒ならおれが持って来た」

矢作は明るく言った。

「そうか、ならば」

二人は居間に入った。

「何かあったか」

源之助はそれほど得意ではない酒を飲みながら言う。

「渡辺の奴、やっぱり、井筒屋の狗《いぬ》のようなことをしていましたよ。南町の面汚しですよ」

矢作は丼に酒を注ぎ、ぐびぐびと飲んだ。それから、

「いかん、土産だか、なんだかわかりませんな。自分ばかりが飲んでしまって」

「かまわん、どんどんやってくれ」

「渡辺の奴、必ず首根っこを抑えてやりますよ」

「それもいいが、悪党は根絶やしにしなければならん」

物騒な話になってきて久恵はあわてて出て行った。

「申し訳ないようですな」

「なに、気にすることはない」

「ところで、蔵間殿には何か策がありそうですな」

「何も考えておらんわけではない。悪党を一つ所に集めて一網打尽だ」

「それは面白そうだ」

矢作はすっかり乗り気である。

そこへ、

「ただ今、戻りました」

と、源太郎が帰って来た。

「おお、源太郎殿、まずは駆けつけ三杯だ」

矢作は湯飲みを差し出す。いきなり、矢作と遭遇し、源太郎は戸惑いながらもそれを受け止めた。

「よし、よい、飲みっぷりだ。親父殿以上だぞ」

「父を上回っているのは酒だけです」

源太郎はしきりと照れた。

「美津とはどうなっておるのだ」

いきなり、矢作は尋ねた。

「ええ」

源太郎は思わず口をはぐはぐとさせた。

「こりゃ、しっかりせい」

矢作に言われ源太郎は、

「負けん」

と、湯飲みを飲み干した。

その現場を覗いた久恵は心配そうな顔をしていたが、やがて、笑みをこぼした。

# 第八章　欺《あざむ》きの報酬

## 一

明くる九日の朝、新之助と源太郎は緒方に井筒屋手入れを申請した。緒方は黙っていた。しばらく沈黙を保った後に、

「しかと、間違いはないのか」

「はい」

源太郎と新之助は声を揃えた。

「もし、手入れをして阿片が出てこなかったらなんとする」

緒方は視線を凝らした。

「腹を切ります」

新之助の答えに源太郎もうなずく。

「武士が軽々しく腹を切るなどと申すな。阿片が出てくるのは確かなのであろう」

「はい、必ず」

「それでよい、いざという時に腹を切るのはわしだけでよい」

緒方は大きく腹を揺すり笑い声を上げた。

「お願いします」

源太郎は思わず大きな声を上げた。


昼下がり、源之助は昼寝をしていた。

そこへ、

「蔵間」

と、大きな声がした。武山英五郎である。

「あ、はい」

源之助はむっくりと身体を起こした。実際のところ武山がやって来るのではないか
という予感がしていた。

「おまえ」

武山は必死で怒りを鎮《しず》めている。

「なんですか」

わざとすっとぼける。

「なんですかではない。井筒屋を手入れするそうではないか」

「そうなのですか」

「とぼけおって」

武山は凄い形相だ。しかし、源之助にとってはなんでもない。

「武山さまがお怒りなのは井筒屋の手入れのことですか」

「決まっておるではないか」

「お怒りなのですか」

「井筒屋は薬種問屋組合の肝煎りをしておるのだぞ」

「よく、存じております」

「その井筒屋が阿片など扱っておるはずないではないか」

「あるはずがないかどうかは、手入れをしてみればはっきりすることです」

「それで、なかったらどうするのだ」

「それは、大きな問題にはなるでしょうな」

源之助はしれっと答える。

「貴様、よくも、ぬけぬけと。まるで他人事みたいな口を利きおって」

武山は睨んできた。

「他人事でございます」

「なんだと」

武山はまさに、頭から湯気を立てんばかりだ。

「わたしは、両御組姓名掛です。定町廻りではございません。他人事であるのは当然と思いますが」

「いい加減なことを申しおって」

「いい加減なことではございません。わたしは、手入れとは関わりございません」

「そんなことを申して、おまえが牧村と倅をけしかけたのだろう」

「そんなことはしておりません」

「おまえ、手入れに加わるのであろう」

武山は責めるような口調だ。

「いいえ」

源之助はあっさりと首を横に振る。

「嘘をつけ」

「嘘などついておりません。わたしは、手入れには加わりません」

「なんだと……」

武山は口をあんぐりとさせた。

「まことです。この暑さではかないませんな」

源之助は天窓から覗く青空を見上げた。

「どこまでも食えぬ男よ」

武山は苦々しい顔をした。

「ならば、わたしは今日は早退をします」

「はあ……」

武山は怒りを通り越して呆れたような顔になった。

「わたしは、もう、帰ります」

源之助は言うと、さっさと腰を上げ、戸口へと向かった。

「おい、蔵間」

「それでは、お先に失礼申し上げます」

源之助はしれっと言うと、居眠り番から外に出た。

表に出て眩しい日輪を見上げる。

源之助は長屋門脇の潜り戸を開けた。そのまま外に出ようと思った。すると、新之助と源太郎が町廻りから戻って来た。

「おお、しっかりやれ」

源之助は右手を上げた。

「蔵間さま、どちらへ」

「わたしは早退だ」

「ええ」

新之助は口をあんぐりとさせた。

「早退するのだ」

「でも、これからでございますよ、手入れは」

「わかってるさ。おまえたちでしっかりやれ」

「蔵間さまは……」

「わたしは、早退する。この暑さだ。わたしの身には堪える。若い者でやるがいいさ」

「しかし、大手柄となった暁には」

「それはおまえたちのものだ」

源之助はあっけらかんとしたものだ。

「父上」

源太郎はいかにも不満そうだ。

「そんなに片意地を張っておっては手柄どころではないぞ」

源之助は源太郎の肩を叩いた。

「なら、しっかりな」

源之助は言うと足早にその場を立ち去った。

「どうしたのでしょう、父上」

源太郎は新之助を見た。

「どこか、身体のお加減がよろしくないのではないか」

「そんなことはないと思いますが」

源太郎は戸惑ってしまった。

「ま、ともかく、蔵間さまがいらっしゃらなくとも、我らは役目を果たすまでだ」

二人は決意をみなぎらせ、詰め所へと戻った。詰所では、緒方と武山が何事か揉めていた。

「まこと責任を取るのだな」

「お任せください」

そんな二人のやり取りが漏れ聞こえてきた。武山は格子窓の隙間から、源太郎と新之助の姿を目にした。目で中に入るよう命じてくる。仕方なく二人は中に入った。

「井筒屋の手入れ、なんとしても行うのだな」

「はい」

新之助と源太郎は声を揃えた。

「勝算はあるのか」

「あります」

「しかし、蔵間は加わらんと申しておったぞ」

武山は不満げにそっぽを向いた。

「はい」

「はいではない。蔵間は他人事だ。それでこの手入れに勝算があるのか」

「ございます。我らは春日屋に阿片がないことをしっかりと確かめたのです」

「だからと申して、井筒屋が所持しているとは限らん」

「ですから、我らその覚悟はできております。どうか、御奉行に申請のほどをよろしくお願い申しあげます」

新之助は頭を下げた。源太郎も新之助の後ろで頭を下げている。

「まったく、蔵間源之助とは厄介な男、一体、何を考えておるのかさっぱりわからん」

武山は源太郎に聞こえよがしに言った。

「これくらいにしていただけませんか。我らの探索を無になさるおつもりか。どうか、よろしくお願いしたい」

緒方は言う。

「本当に知らんぞ。阿片が出てこなかった場合のことをよく考えておけ」

「いいえ、そんなことは考えませぬ。駄目な結果を考えながら行う御用などございましょうか」

緒方は負けていない。

「確かにそれはそうだ」

武山はこれ以上現場ともめることを嫌ったのか、折れるような言い方をした。

「しかと頼む」

そう言う言葉にさえなった。

「よろしくお願い申しあげます」

緒方はここで丁寧に頭を下げた。新之助と源太郎も同じようにする。

「まったく、蔵間といい、定町廻りといい、肝を冷やすようなことばかりをさせるものだ」

武山は詰所を出た。

「やれやれ」

緒方は自分の肩をぽんぽんと叩いた。

「ありがとうございます」

「礼は手入れが成功してからだ」

「そうですね」

源太郎は表情を引き締めた。

二

源之助は京次を訪ねた。家が近づくと、いつになく賑やかだ。三味線の稽古に通って来る客かと思ったが、そうではないようだ。格子戸を開けると、矢作の声が聞こえた。

「おお、蔵間殿」

矢作は極めて上機嫌である。

「今日は早退した」

源之助は声をかけた。

「いくら、暇な部署でも、昼日中からぶらぶらしていては駄目ですぞ」

「おまえこそ、こんな所で三味線なんか弾いている場合ではあるまい」

源之助は言う。

「まあ、そう言うてくれますな」

言いながら矢作は三味線を弾いた。

「矢作の旦那、三味線の筋がいいのですよ」

「どこかで習ったことはあるのか」

「いいや、ないさ」

するとお峰が、

「立派なものですよ」

「人は見かけによらんということか」

「蔵間の旦那も三味線、もう一度、おやりになりませんか」

お峰の言葉を受け、

「なんだ、蔵間殿も三味線を習っていたのですか」

「三日坊主だった。わたしには向いていない」

源之助は自嘲気味な笑いを浮かべた。

「なるほど、鬼同心に三味線は不似合いだ」

「鬼同心を左遷されてからだ」

「無聊《ぶりょう》の慰みにですか」

「ま、そういうことだ」

「これは笑ってはいかんな」

言いながら矢作は笑った。源之助はばつが悪そうな顔をしてから、

「三味線の話はそれくらいにしておけ。それで、渡辺は……」

「抜かりない。今日の五つに春日屋の寮に呼び出してあるさ」

「何を餌にだ」

「井筒屋から礼金が出ると文にしておいた」

「やって来るかな」

「間違いない」

「馬鹿に自信があるではないか」

「おれは渡辺のことはよく知っている。あいつが興味があるのは金だ。金にしか興味はない。だから、金をやるとなれば、ほいほいついて来るさ」

「よし、それでよし」

「牧村さまは井筒屋の手入れに向かうのですか」

京次が聞いた。

「いかにも」

「ちゃんと、御奉行の許可が取れたのですか」

「御奉行とて拒絶するわけにはいかんだろう」

「そういうものですかね」

京次は言う。

「いくら、御奉行とて、現場の意向を無視しては奉行所の運営はできんさ」

源之助が言うと説得力がある。

「さすがは、蔵間殿。いいことを言う」

　矢作は膝を打った。

「ですが、大丈夫でしょうかね」

　京次は心配顔である。

「あとは、任せればいい」

　源之助は涼しいものである。

「ですがね」

　京次は首を捻った。

「どうした」

「なんだか、後味《あとあじ》がよろしくはないですよ」

「そんなことはない」

「そうですかね」

　京次は納得できないようだ。

「ま、万事、わたしに任せておけ」

　源之助は胸を張った。

「そうだ、蔵間殿に間違いがあろうはずはないさ」

「わたしだって間違いはあるさ。お陰で居眠り番に左遷された」

「違いねえや」

京次が言うと矢作は大きな声で笑った。

「ともかく、こっちはこっちで勝負だ。命のやり取りも大事にせねばならんぞ」

源之助は言った。

「それは、任せてくれ」

矢作は胸を叩いた。

「よし、その意気だ」

「あっしも、腕によりかけますぜ」

京次も言った。

「なら、おれは、時刻まで三味線でも習うか」

矢作はお峰を見た。

「ようございますとも、どうです、蔵間の旦那」

「いや結構」

源之助はかぶりを振る。

「蔵間殿にも苦手はおありのようだ」

「京次、遠藤殿への使いは大丈夫だな」

源之助は厳しい顔をした。

「大丈夫ですよ」

京次の声は力強い。

「なら、待つばかりだ」

源之助は満足げにうなずいた。


源太郎と新之助は中間、小者を連れて井筒屋に乗り込んだ。捕物ではなく、あくまで取調べであるため、刺股《さすまた》、突棒《つくぼう》、袖絡《そでがらみ》といった捕物道具は用意していない。

店先に立った新之助が、

「御用である」

と、静かに告げた。

次いで、源太郎が、

「御用である。速やかに店から出よ」

と、店内で呼ばわった。

「何事ですか」

勘次郎が姿を現した。

「これは、一体、何事ですか」

勘次郎はもう一度繰り返した。

「手入れである」

新之助は言い放った。

「はて、なんの手入れでございますか」

「阿片だ。ここに、阿片が収蔵されているという疑いがあるのだ」

新之助は毅然と言い放つ。

「あなたさま、ご自分がおっしゃっていること、わかっているのでしょうね」

「わかっておるさ」

新之助は睨み返す。

「もし、出てこなかったら、どうなさいます」

「断じてそのようなことはない」

新之助は怒鳴りつけた。

「なかったら、はいそうですかではすみませんぞ」

「わかっておる」

「そのお言葉、お忘れなきよう」

勘次郎は悠然とその場を去ろうとしたが、

「待て」

新之助が呼び止めた。

「まだ、何か」

勘次郎はふてぶてしそうに問い返す。

「ここで、待っておれ。一歩も動くな」

新之助は店の帳場机を顎でしゃくった。勘次郎は何か言いたそうだったが、言葉を飲み込むと、

「わかりましたよ」

と、いかにも不機嫌に言って帳場机に座った。

「行くぞ」

新之助は気合いを入れた。勘次郎から蔵の錠前を受け取ると源太郎に渡す。源太郎は裏の土蔵に向かった。中間を三人連れ、

「まずはここからだ」

と、一番蔵から始めることにした。

店では新之助の指図で中間、小者が陳列棚やら木箱やらをひっくり返した。勘次郎

が、

「あ～あ、それ、そんなに乱暴に扱わないでくださいよ」

とか、

「それ、朝鮮人参。一本五両ですよ」

などと、口うるさく介入する。

新之助はそのたびに苦い顔をし、調子を狂わされた。

「出てきますかな」

勘次郎はからかうような口調になった。

「うるさい」

新之助は言う。

「大きな声は地声でございます」

勘次郎は涼しい顔だ。

「ふん」

新之助は舌打ちをした。そのうち、勘次郎の目が泳いだ。

「ああ」

思わずといった具合に声を上げる。

「どうした」

新之助が突っ込む。

そして、視線の先を追いそこにある棚に歩いた。

「ああ、そこは」

勘次郎はあわてた。その狼狽ぶりは期待を抱かせるものだった。

「よし」

新之助は棚の引き出しを開けた。そこには、大量の書付がある。それを取り上げる。

「やめてください」

勘次郎は大きな声を出した。

それを無視して新之助は書付を広げた。それは、どこぞの女からの文だった。

「やめてくださいと申したでしょう」

勘次郎はむきになった。

「しょうがないな」

新之助は呆れたように吐き捨てた。

# 三

勘次郎は新之助の不満をよそに、恋文を大事そうに整理した。整理しながら、

「人の暮らしぶりまで探られるのですからな、ひどいものですな」

「黙れ」

「不満くらい言わしてくださいな」

勘次郎は一向に動ずることなく、あくびを洩らした。新之助は最初のうちこそ、勘次郎の強がりだと思っていたが、その余裕ぶりは芝居とは思えない。生来がふてぶてしい男だが、このゆとりは異常だ。

ひょっとして、本当に阿片などはないのか。

そんな不安が腹の底からこみ上げてきた。

——弱気になってどうする——

不安を吹っ切るようにして、

「もっと、よく探せ」

と、声をかけ、自らも探索に加わる。毛氈《もうせん》を引き剝がそうとすると、

「それ、高いですからね、丁寧に扱ってくださいよ」

勘次郎は口うるさく注意する。

「黙っておれ」

勘次郎に対する反発と阿片が見つからない焦りから乱暴な手つきで毛氈を剥がした。

青々とした畳が現れる。

「畳も剥がすぞ」

「元に戻してくださいよ」

勘次郎は諦め顔だ。

新之助は中間、小者たちと共に畳を剥がし、床下を探る。

「隅々まで探せ」

新之助の叱咤の声が響き渡った。

「ご苦労さまでございます」

勘次郎は高見の見物といった様子だ。

それから、

「あ〜あ」

いかにも新之助たちを挑発するかのように鼻をほじくった。

源太郎も苦闘していた。

五つある土蔵のうち、四つまでも検めたが、阿片などは出てこない。残る一つとなった。

思わず、生唾を飲み込み、引き戸を開けた。そこに足を踏み入れる。中に入ると漢方薬の匂いが鼻をつく。

「ここだ、間違いない」

源太郎は自分に言い聞かせるようにして、中間、小者を督励し、もちろん自分も木箱をひっくり返したりした。みな、汗みどろになり、木箱をひっくり返し、床を這い蹲《つくば》り、必死の形相で探す。

「ありません」

とか、

「本当にあるんですか」

などという弱音が飛び出した。

「諦めるな」

源太郎は言いながらも、期待を店に向けてしまう。

店で阿片は見つからないのか。

だが、そんな朗報は届けられない。

新之助の方でも土蔵探索に期待を寄せているのかもしれない。

「もっと、気合いを入れるぞ」

源太郎は言うや、必死で探索を行った。


「もう、そろそろよろしいのではございませんか」

勘次郎はあくび交じりに声をかけてきた。

「まだまだだ」

新之助は最早意地になっていた。しかし、中間、小者は疲労と諦めの色が濃厚に表れている。期待した獲物が見つからないことから、自分たちの努力が報われないということがそうさせているのだろうことは、新之助の目にもわかった。

「ないものはないですよ」

勘次郎の声に抗う気力がうせている。中間、小者たちは諦めの目を向けてくる。

「よし、裏だ」

かすかに希望をそう言うことで繋げた。

「しつこいですな」

勘次郎は最早呆れ顔だ。

「裏だ」

新之助は中間、小者を叱咤した。

「ご苦労さまでございます」

勘次郎はわざとらしく頭を下げた。

新之助は中間、小者を引き連れて裏庭にやって来た。源太郎は土蔵の探索を終えて表に出た。二人の顔には焦燥がありありである。

「いかがでございましたか」

源太郎は不満を抱きながら新之助に声をかける。新之助は弱々しく首を横に振った。

「こっちもです」

源太郎は五つの土蔵を眺め回した。

「そうか」

新之助は唇を嚙んだ。

「どうしましょうか」

源太郎は胸が重くなった。

「そうだな」

新之助は拳を握りしめた。

「ありません。これは紛れもない事実です」

源太郎は力なくうなだれた。

「そうだな」

新之助は天を仰いで絶句した。

蜩《ひぐらし》の鳴き声が虚しく響き渡る。そして、その静寂を破るように、

「阿片、ありましたかな」

勘次郎がゆっくりとやって来た。無言の二人に向かって、

「阿片ございましたかな」

意地悪く問いかける。

新之助も黙っているわけにはいかず、

「ござらん」

と、小声で答えた。

「なんですか、聞き取れませんが」

勘次郎は意地悪く問い直す。

「なかった」

源太郎が自棄《やけ》気味に大声を放った。

勘次郎は耳をほじくりながら、

「そんな大きな声を出さなくても聞こえます」

「間違いだった」

新之助は頭を下げた。勘次郎は立ち尽くす源太郎を見つめる。

「そうですか、あれほど、自信満々。そして、わたしがないと申し立てたにもかかわらず、強行なされ、実際に手入れをなさったらこの始末。店はめちゃくちゃにされ、これでは商いもままなりませんな」

勘次郎は勝ち誇っていた。

「もう一度、元に戻します」

源太郎は言った。

すると、勘次郎はきっとした鋭い目で、

「結構です」

「いえ、それでは」

「結構です。大事な薬種ばかりです。それを、また、無神経にひっかき回された挙句になくされでもしたら、目も当てられません」

勘次郎の言い分はもっともだ。

「後日、このことはしっかりと御奉行所に抗議申し上げます。よろしいな」

「わかった」

新之助としても認めざるを得ない。

「蔵間さまといい、あなたさま方といい、手前どもを目の仇になすっておられる。蔵間さまなどは、昨日、こちらにわざわざお越しになって、調べるなどと、まるで喧嘩をふっかけるような、言動をなさった」

勘次郎は顔を歪めた。

「父が」

源太郎は呟いた。

「そうです。お父上がです」

「父が昨日、来たのか」

「ご存じなかったのですか」

「いや、それは……」

源太郎は口ごもる。

「まこと、蔵間殿がまいったのか」

新之助は迫った。

「ちょっと、今度はなんの言いがかりですか。いい加減にしてください。嘘だと思われるのなら、御奉行所でご本人に確かめられればよろしいではございませんか」

「そうしよう」

新之助は不満顔だ。

「とにかく、早々にお引取りください」

勘次郎は大きな声で言い放った。これ以上はいられない。

「失礼した」

新之助は軽く頭を下げ、源太郎を促してその場を立ち去った。

二人は裏門から外に出た。

「一体、蔵間殿は何を考えておられるのだ」

新之助は珍しく源之助を批判した。

「まったくです。父が余計なことを言わなければ。父の余計な一言で勘次郎に警戒心を抱かせ、阿片を店の外に持ち出されてしまったのかもしれないのです」

新之助も悔しさを滲ませた。

だが、しばらく考えてから、

「いや、蔵間殿のことだ。軽々しく、手入れのことを洩らすことはあるまい。それよりは、きっと、大きなお考えがあるのかもしれない」

「どのようなものでしょう」

「わからんが、まずは、この不首尾を報告しなければならない。ともかく、我らはしくじった。覚悟は決めるべきだ」

「とうに覚悟はできております」

源太郎は大きくうなずいた。

四

源之助は京次と矢作、それに遠藤と一緒に回向院の裏手にある春日屋の寮にやって来た。井筒屋勘次郎はここに阿片を隠していると睨んだ。今、勘次郎を乗せた駕籠が入ったところだ。

「手入れが終わって、勘次郎の奴、すっかりご満悦ですぜ」

京次が憎憎しげに言う。

「渡辺も入って行きましたしね」

矢作が言い添えた。京次が踏み込もうとしたが、

「若槻がまだです」

という遠藤の声でしばらく様子を見ることにした。待つほどもなく、若槻を乗せた駕籠が十人余りの侍に守られてやって来た。

「若槻にはなんと連絡したのですか」

源之助が問いかけると、

「ずばり、春日屋の寮に来いと文を出してやりました。来なければ、春日屋の秘密を明らかにすると」

「こいつはいいや。お侍さまははっきりした物言いをなさるものですね」

京次は手を打った。

「ならば」

源之助が声をかけるとみな大きく息を吸い込んだ。矢作はうなずくと、

「行ってきます」

と、大手を振って木戸門から入って行った。母屋の庭に面した座敷は障子が開け放たれ、若槻と侍たち、それに勘次郎、渡辺の姿があった。

「邪魔するぞ」

矢作は大きな声を出した。みな、一斉に矢作を見た。渡辺が縁側まで出て来た。

「おお、渡辺、こんなところで何をしているんだ」

矢作は大きな声をかける。突然の矢作の出現に渡辺は目を白黒させていたが、

「おまえこそ、何をしに来た」

「おれは、阿片の探索さ。ここは春日屋の寮だろ。ここに阿片が隠されているとおれは睨んだんだ」

「おまえ、正気か」

「正気に決まっているだろう」

「ここは、春日屋のものから薬種問屋組合の預かりになったんだぞ。薬種問屋が阿片など隠し持っているはずはなかろう」

渡辺が言ったところで勘次郎も出て来た。

「手前、薬種問屋組合の肝煎りをしております井筒屋勘次郎でございます。何やら、物騒な話をなすっておられますな」

「阿片を隠しておるだろう」

矢作が言うと、勘次郎は渡辺と顔を見合わせて苦笑を浮かべた。

「笑ったな」

矢作は二人を睨む。

「悪い冗談だぞ」

渡辺が言う。

「渡辺、おまえはいつから井筒屋の手先になったんだ」

「なんだと、もう一遍言ってみろ」

「何度でも言ってやるさ。この、井筒屋の狗《いぬ》めが」

矢作は大きな声を放った。

「おのれ」

渡辺は目を尖らせた。

「阿片隠匿の疑いあり、調べさせてもらうぞ」

矢作は雪駄を履いたまま縁側にずかずかと上がった。これには、勘次郎と渡辺ばかりか、若槻も応対に出た。

「拙者、船橋藩御用方若槻任太郎である。一体、なんの騒ぎであるか」

「聞いていなかったのですか。阿片が隠されているかどうかを探すんですよ」

矢作は船橋藩と聞いても一向にひるまない。そんな矢作を奇異なものを見る目で若槻は見たが、

「こいつ、南町でも嫌われ者でございます」

渡辺は若槻に頭を下げてから矢作に向き直り、ここに阿片などはないことを言った。

矢作はそれを無視し、雪駄のまま座敷に入る。

「無礼だぞ」

渡辺が追いすがった。矢作は振り向き様、十手を抜くや渡辺の頬を打った。渡辺は悲鳴を上げ膝をつく。若槻と侍たちが矢作を囲んだ。

「無礼な奴め。阿片隠匿の濡れ衣をかけた上に土足で踏み入るか。いくら、町方の御用を承っておるとはいえ、そんなことが許されると思うか」

「若槻さま、これは町方の御用なんですよ。あなたさまが、口出しをなさることではないのです」

「申したな」

若槻はよくも舐めた真似をと迫ってくる。

「やるのですか」

「我らは井筒屋の客、客の前で我らにそのような傍若無人な振る舞いをするとは断じて許すことができぬ」

「なら、どうしますかい」

矢作はおかしそうに十手をくるくると弄《もてあそ》んだ。若槻の目が尖った。こめかみに青筋が立ちぴくぴくと動く。

「許さん」

「おおっと、抜いたらこっちだって覚悟はありますからね」

「若槻さま、構いません。わたしがなんとでも始末します」

渡辺が言う。

「奉行所の面汚しめが」

矢作が渡辺に罵声を浴びせたのと若槻たちが抜刀するのとが同時だった。たちまちにして、矢作は刃に囲まれた。

「斬れ」

若槻は静かに命じた。

源之助と京次、それに遠藤は矢作が木戸門を潜ったのを見届けると裏手に回り、裏門から寮の中に忍び込んだ。

「阿片窟だ」

源之助は板葺の建屋の前に立つ。矢作が勘次郎たちを引き付けてくれているため、周辺には誰もいない。雨戸は閉じられていた。京次が体当たりをした。源之助と遠藤も身体をぶつける。

雨戸が外れ内部が見通せた。

木箱が積んであるのが見える。三人は履物を履いたまま上がり込み、木箱を開ける。紙に包まれた阿片が確認できた。源之助は京次を促す。京次は呼子笛《よぶこぶえ》を取り出して思い切り吹いた。

若槻が斬れと言った時、呼子の音が響き渡った。

矢作に斬りかかろうとした侍たちの動きが止まる。

「見つかったか」

矢作は顔を輝かせる。

「貴様、何か企んだな、そうか、遠藤とぐるになって……」

若槻は悔しげに唇を噛んだ。

「そうさ、阿片を見つけたんだ。おまえら、もうお仕舞いだ」

矢作は躍《おど》りあがった。

「そん、そんな……。若槻さま」

勘次郎は若槻に縋るような目を向けた。若槻は勘次郎を無視して侍たちを引き連れ裏手にある阿片窟に向かった。渡辺と勘次郎も向かおうとしたのを矢作が引き止めた。

「おめえらはここでお縄だ」

矢作は渡辺と勘次郎に向かって十手を突きつけた。

若槻が侍を十人余り引き連れてやって来た。

源之助は紙に包まれた阿片を若槻に投げつけた。若槻は無言で遠藤に視線を据えている。

「若槻さま、阿片が見つかりましたぞ」

源之助は紙に包まれた阿片を若槻に投げつけた。若槻は無言で遠藤に視線を据えている。阿片には反応を示さないままに語りだした。

「わたしのしくじりは紙入れを落としたことだった。夕暮れに井筒屋勘次郎から邪魔者を消す依頼を受けた帰途、紙入れを落としてしまった。接待酒に酔い、つい、着物をだらしなく着崩したのが原因だ。あの浪人者に拾われたと気がついた時には遅かった。浪人が安酒場から出て来るのを待ち構え、近くの稲荷に誘い出して始末した。ところが、紙入れは持っておらなかった」

「矢五郎を斬ったのもおまえか」

遠藤が訊いた。

「矢五郎はこの阿片窟を嗅ぎつけた。それで、捕まえてここに閉じ込めておいた」

「矢五郎が井筒屋を調べているのをどうして知ったのだ」

「紋次とかいう、あの者の手下から聞いた。紋次は勘次郎に金で買われたのだ」

と、言った時、その紋次が手下数人を従えて裏木戸から入って来た。

「貴様、裏切ったな」

遠藤は紋次を睨んだ。紋次はたじろいだものの薄笑いを浮かべて聞き流すと手下どもをけしかけた。

これがきっかけとなり、侍たちも大刀を抜いた。

源之助と京次は十手を向ける。たちまち、乱戦となった。京次はやくざ者を十手で打ち据える。源之助は侍たちと刃を交えた。遠藤は冷静な動きで若槻を追い詰める。

「やってるな」

矢作が躍るような足取りで走り込んできた。頼もしい助っ人の登場により源之助たちは勢いづく。紋次は京次によってお縄にされ、侍たちは源之助と矢作の活躍により、峰討ちに仕留められた。

残るは若槻だ。

遠藤と若槻は無言で対峙した。遠藤は八双に構え、若槻は大上段に構える。結果は見ずとも遠藤の気合いが勝っていた。

若槻は追い詰められた猪さながら、猛然と大刀を振り下ろした。遠藤は落ち着いた所作で若槻の刃を躱《かわ》すと袈裟懸けに大刀を走らせた。

若槻は前のめりにばったりと倒れた。

## 五

水無月の晦日《みそか》の夕暮れ。

源之助は杵屋の母屋で善右衛門と語らっていた。二人は縁側に並んで腰かけ、涼んでいる。

「結局、阿片は井筒屋と若槻が企んだこととされました」

源之助は団扇《うちわ》で扇《あお》ぎながら言った。

「御老中奥野美濃守さまは関わりがないということですね」

「そういうことですが、お身体の具合がよろしくないということでこの秋に老中職を辞され、隠居なさるそうです。与力の高脇多門さまは阿片に手を染めていないことはわかったものの、春日屋との深い仲を問われ、一月《ひとつき》の出仕停止です」

「なるほど」

善右衛門は含み笑いを漏らした。その意味するところは明らかだ。幕府の奥野の隠居を以って事態を収拾しようということへの皮肉である。

「考えてみれば、春日屋庄太郎、かわいそうなことをしました。進取の気性で商いに取り組んでおったのにあのようなことになってしまって」

「春日屋の奉公人たちはどうしましたか」

「他の薬種問屋に迎えられる者もあれば、薬売りの行商となって出直す者もあるとか」

「庄太郎さんの意志を受け継いだ者たちが新たな商いの花を咲かせるかもしれません」

善右衛門は笑みをこぼした。

「そうそう、今回のこと、源太郎と新之助にいたく叱られました。何せ、あいつらを欺いたのですから」

源之助はわざと井筒屋に奉行所の手入れが入ると告げ、阿片を春日屋の寮に隠すよう仕向けたことを話した。

「おや、蔵間さまらしからぬ裏技でございますな」

善右衛門は面白がってくれた。

「我ながら、後味が悪くて仕方ありません。あれから、奉行所や家で源太郎と顔を合わせるのがいささか辛いのです。源太郎も視線を合わせてくれぬのです」

「商いも正攻法ばかりではうまくいかないことがございます。利を狙って策を弄するのでしょうが、その根本にお客さまのためという信念があれば……。ま、それも言い訳かもしれませんが。今回の蔵間さまの裏技、決して手柄を立てたいという欲からではございますまい。そのこと、源太郎さまや牧村さまならおわかりになっていらっしゃいますよ」

「まあ、そうだといいのですが」

源之助は苦い表情となった。額に滲んだ汗を拭こうと懐に手を入れ、手拭を探った。

それからはっとしたような顔になり善右衛門に向いた。

「これ」

源之助が差し出したのは朱の玉簪《たまかんざし》である。

「これは見事な造作の簪でございますな」

「重八という、面倒を見てやった男が持って来ました」

重八は今度こそきっぱりと掏りを辞め、飾り職の仕事を再開すると言った。その証として、

「家内にと、居眠り番に持って来たのですよ」

重八はご恩返しですと、受け取りを渋る源之助に無理やり押し付けていった。

「奥さま、きっと、お喜びなさいますよ」

「ですが……」

源之助は言葉を止めた。

「どうなすったのです。ああ、恥ずかしいのですね。奥さまに渡されるのが」

源之助は答えず黙って簪を手拭で包んだ。善右衛門の言う通りである。久恵に物を買い与えたことなど滅多にない。重八の好意を無にするわけにはいかず、受け取ったものの、久恵にどうやって渡したらいいものか悩んでいたところだ。

「よろしいではございませんか。堂々と手渡しなされば」

「しかし……」

「そうだ。源太郎さまの目の前で渡されませ。源太郎さまの機嫌も直りますよ」

善右衛門は、「そうなされませ」と繰り返した。

源之助は答えずにいた。

いかつい顔に赤みが差したのは、照れなのか、夕陽に染まってのことなのか、は善右衛門にはわからなかった。

時代小説

二見時代小説文庫

# 信念《しんねん》の人　居《い》眠《ねむ》り同心《どうしん》　影御用《かげごよう》8

著者　早見《はやみ》　俊《しゅん》

発行所　株式会社　二見書房
東京都千代田区三崎町二−一八−一一
電話　〇三−三五一五−二三一一［営業］
　　　〇三−三五一五−二三一三［編集］
振替　〇〇一七〇−四−二六三九

印刷　株式会社　堀内印刷所
製本　ナショナル製本協同組合


ISBN978−4−576−12096−6
http://www.futami.co.jp/

## 居眠り同心 影御用 源之助 人助け帖

早見俊［著］

凄腕の筆頭同心がひょんなことで閑職に……。暇で暇で死にそうな日々に、さる大名家の江戸留守居から極秘の影御用が舞い込んだ。新シリーズ第1弾！

## 朝顔の姫 居眠り同心 影御用2

早見俊［著］

元筆頭同心に御台所様御用人の旗本から息女美玖姫探索の依頼。時を同じくして八丁堀同心の不審死が告げられた。左遷された凄腕同心の意地と人情。第2弾！

## 与力の娘 居眠り同心 影御用3

早見俊［著］

吟味方与力の一人娘が役者絵から抜け出たような徒組頭次男坊に懸想した。与力の跡を継ぐ婿候補の身上を探れ！「居眠り番」蔵間源之助に極秘の影御用が…！

## 犬侍の嫁 居眠り同心 影御用4

早見俊［著］

弘前藩御馬廻り三百石まで出世した、かつての竜虎と謳われた剣友が妻を離縁して江戸へ出奔。同じ頃、弘前藩御納戸頭の斬殺体が江戸で発見された！

## 草笛が啼《な》く 居眠り同心 影御用5

早見俊［著］

両替商と老中の裏を探れ！北町奉行直々の密命に居眠り同心の目が覚めた！同じ頃、母を老中の側室にされた少年が江戸に出て…。大人気シリーズ第5弾

## 同心の妹 居眠り同心 影御用6

早見俊［著］

兄妹二人で生きてきた南町の若き豪腕同心が濡れ衣の罠に嵌まった。この身に代えても兄の無実を晴らしたい！血を吐くような娘の想いに居眠り番の血がたぎる！

二見時代小説文庫

## 殿さまの貌《かお》 居眠り同心 影御用7

早見俊［著］

逆袈裟魔《ぎゃくげさま》出没の江戸で八万五千石の大名が行方知れずとなった！元筆頭同心で今は居眠り番と揶揄される源之助のもとに、ふたつの奇妙な影御用が舞い込んだ！

## 憤怒の剣 目安番こって牛征史郎

早見俊［著］

直参旗本千石の次男坊に将軍家重の側近・大岡忠光から密命が下された。六尺三十貫の巨躯に優しい目の快男児・花輪征史郎の胸のすくような大活躍！

## 誓いの酒 目安番こって牛征史郎2

早見俊［著］

大岡忠光から再び密命が下った。将軍家重の次女が輿入れする喜多方藩に御家騒動の恐れとの投書の真偽を確かめよという。征史郎は投書した両替商に出向くが…

## 虚飾の舞 目安番こって牛征史郎3

早見俊［著］

目安箱に不気味な投書。江戸城に勅使を迎える日、忠臣蔵以上の何かが起きる……。将軍家重に迫る刺客！征史郎の剣と兄の目付・征一郎の頭脳が策謀を断つ！

## 雷剣の都 目安番こって牛征史郎4

早見俊［著］

京都所司代が怪死した。真相を探るべく京に上った目安番・花輪征史郎の前に驚愕の光景が展開される…。大兵豪腕の若き剣士が秘刀で将軍呪殺の謀略を断つ！

## 父子の剣 目安番こって牛征史郎5

早見俊［著］

将軍の側近が毒殺された！居合わせた征史郎に嫌疑がかけられる！この窮地を抜けられるか？元隠密廻り同心と倅の若き同心が江戸の悪に立ち向かう！

## 大江戸三《さん》男《おとこ》事件帖　与力と火消と相撲取りは江戸の華

幡大介［著］

欣吾と伝次郎と三太郎、身分は違うが餓鬼の頃から互いに助け合ってきた仲間。「は組」の娘、お栄とともに旧知の老与力を救うべくたちあがる…シリーズ第1弾！

## 仁王の涙　大江戸三男事件帖2

幡大介［著］

若き三義兄弟の末で巨漢だが気の弱い三太郎が、ひょんなことから相撲界に！戦国の世からライバルの相撲好きの大名家の争いに巻き込まれてしまった…

## 八丁堀の天女　大江戸三男事件帖3

幡大介［著］

富商の倅が持参金つきで貧乏御家人の養子に入って間もなく謎の不審死。同時期、同様の養子が刺客に命を狙われて…。北町の名物老与力と麗しき養女に迫る危機！

## 兄ィは与力　大江戸三男事件帖4

幡大介［著］

欣吾は北町奉行所の老与力・益岡喜六の入り婿となって見習い与力に。強風の夜、義兄弟のふたりを供に見廻り中、欣吾は凄腕の浪人にいきなり斬りつけられた！

## 定火消の殿　大江戸三男事件帖5

幡大介［著］

六千石の大身旗本で定火消の黒谷主計介に黒い牙が襲いかかる！若き与力益岡欣吾は町火消は組の伝次郎らと、三百人の臥煙のたむろする定火消の屋敷に向かった！

## はぐれ同心　闇裁き　龍之助江戸草紙

喜安幸夫［著］

時の老中のおとし胤が北町奉行所の同心になった。女壺振りと島帰りを手下に型破りな手法と豪剣で、悪を裁く！ワルも一目置く人情同心が巨悪に挑む新シリーズ

## 隠れ刃　はぐれ同心 闇裁き2

喜安幸夫［著］

町人には許されぬ仇討ちに人情同心の龍之助が助っ人。敵の武士は松平定信の家臣、尋常の勝負はできない。〝闇の仇討ち〟の秘策とは？　大好評シリーズ第2弾

## 因果の棺桶　はぐれ同心 闇裁き3

喜安幸夫［著］

死期の近い老母が打った一世一代の大芝居が思わぬ魔手を引き寄せた。天下の松平を向こうにまわし龍之助の剣と知略が冴える！　大好評シリーズ第3弾

## 老中の迷走　はぐれ同心 闇裁き4

喜安幸夫［著］

百姓代の命がけの直訴を闇に葬ろうとする松平定信の黒い罠！　龍之助が策した手助けの成否は？　これぞ町方の心意気、天下の老中を相手に弱きを助けて大活躍！

## 斬り込み　はぐれ同心 闇裁き5

喜安幸夫［著］

時の老中の家臣が水茶屋の妓に入れ揚げ、散財しているという。極秘に妓を〝始末〟するべく、老中一派は龍之助に探索を依頼する。武士の情けから龍之助がとった手段とは？

## 槍突き無宿　はぐれ同心 闇裁き6

喜安幸夫［著］

江戸の町では、槍突きと辻斬り事件が頻発していた。奇妙なことに物盗りの仕業ではない。町衆の合力を得て、謎を追う同心・鬼頭龍之助が知った哀しい真実！

## 口封じ　はぐれ同心 闇裁き7

喜安幸夫［著］

大名や旗本までを巻き込む巨大な抜荷事件の探索を続ける同心・鬼頭龍之助は、自らの〝正体〟に迫り来たる影の存在に気づくが……大人気シリーズ第7弾

山峡の城 無茶の勘兵衛日月録
浅黄斑［著］
藩財政を巡る暗闘に翻弄されながらも毅然と生きる父と息子の姿を描く著者渾身の感動的な力作！本格ミステリ作家が長編時代小説を書き下ろし

火蛾《かが》の舞 無茶の勘兵衛日月録2
浅黄斑［著］
越前大野藩で文武両道に頭角を現わし、主君御供番として江戸へ旅立つ勘兵衛だが、江戸での秘命は暗殺だった……。人気シリーズの書き下ろし第2弾！

残月の剣 無茶の勘兵衛日月録3
浅黄斑［著］
浅草の辻で行き倒れの老剣客を助けた「無茶勘」こと落合勘兵衛は、凄絶な藩主後継争いの死闘に巻き込まれていく……。好評の渾身書き下ろし第3弾！

冥暗《めいあん》の辻 無茶の勘兵衛日月録4
浅黄斑［著］
深傷を負い床に臥した勘兵衛。彼の親友の伊波利三は、ある諫言から謹慎処分を受ける身に。暗雲が二人を包み、それはやがて藩全体に広がろうとしていた。

刺客の爪 無茶の勘兵衛日月録5
浅黄斑［著］
邪悪の潮流は越前大野から江戸、大和郡山藩に及び、苦悩する落合勘兵衛を打ちのめすかのように更に悲報が舞い込んだ。大河ビルドンクス・ロマン第5弾

陰謀の径《みち》 無茶の勘兵衛日月録6
浅黄斑［著］
次期大野藩主への贈り物の秘薬に疑惑を持った江戸留守居役松田と勘兵衛はその背景を探る内、迷路の如く張り巡らされた謀略の渦に呑み込まれてゆく……

報復の峠 無茶の勘兵衛日月録7
浅黄斑［著］
越前大野藩に迫る大老酒井忠清を核とする高田藩と福井藩の陰謀、そして勘兵衛を狙う父と子の復讐の刃！正統派教養小説の旗手が贈る激動と感動の第7弾！

二見時代小説文庫

## 惜別の蝶　無茶の勘兵衛日月録8
浅黄斑［著］

越前大野藩を併呑せんと企む大老酒井忠清。事態を憂慮した老中稲葉正則と大目付大岡忠勝が動きだす。藩御耳役・勘兵衛の新たなる闘いが始まった……！

## 風雲の谺《こだま》　無茶の勘兵衛日月録9
浅黄斑［著］

深化する越前大野藩への謀略。瞬時の油断も許されぬ状況下で、藩御耳役・落合勘兵衛が失踪した！正統派教養小説の旗手が着実な地歩を築く第9弾！

## 流転の影　無茶の勘兵衛日月録10
浅黄斑［著］

大老酒井忠清への越前大野藩と大和郡山藩の協力密約が成立。勘兵衛は長刀「埋忠明寿」習熟の野稽古の途次、捨子を助けるが、これが事件の発端となって…

## 月下の蛇　無茶の勘兵衛日月録11
浅黄斑［著］

越前大野藩次期藩主廃嫡の謀略が進むなか、勘兵衛は大目付大岡忠勝の呼び出しを受けた。藩随一の剣の使い手勘兵衛に、大岡はいかなる秘密を語るのか…！

## 秋蜩《ひぐらし》の宴　無茶の勘兵衛日月録12
浅黄斑［著］

越前大野藩の御耳役・落合勘兵衛は祝言のため三年ぶりの帰国の途に。だが、待ち受けていたのは五人の暗殺者……！苦闘する武士の姿を静謐の筆致で描く！

## 幻惑の旗　無茶の勘兵衛日月録13
浅黄斑［著］

祝言を挙げ、新妻を伴い江戸へ戻った勘兵衛の束の間の平穏は密偵の一報で急変した。越前大野藩の次期藩主・松平直明を廃嫡せんとする新たな謀略が蠢動しはじめたのだ。

## 蠱毒《こどく》の針　無茶の勘兵衛日月録14
浅黄斑［著］

越前大野藩の次期後継・松平直明暗殺計画は潰えたはずだが、新たな謀略はすでに進行しつつあった。藩内の不穏を察知した落合勘兵衛は秘密裡に行動を……

**北冥の大地** 八丁堀・地蔵橋留書1
浅黄斑［著］
蔵に閉じ込めた犯人はいかにして姿を消したのか？ 岡っ引き喜平と同心鈴鹿、その子蘭三郎が密室の謎に迫る！捕物帳と本格推理の結合を目ざす記念碑的新シリーズ！

**夜逃げ若殿 捕物噺** 夢千両すご腕始末
聖龍人［著］
御三卿ゆかりの姫との祝言を前に、江戸下屋敷から逃げ出した稲月千太郎。黒縮緬の羽織に朱鞘の大小、骨董目利きの才と剣の腕で江戸の難事件解決に挑む！

**夢の手ほどき** 夜逃げ若殿 捕物噺2
聖龍人［著］
稲月三万五千石の千太郎君、故あって江戸下屋敷を出奔。骨董商・片岡屋に居候して山之宿の弥市親分とともに謎解きの才と秘剣で大活躍！大好評シリーズ第2弾

**姫さま同心** 夜逃げ若殿 捕物噺3
聖龍人［著］
若殿の許婚・由布姫は邸を抜け出て悪人退治。稲月三万五千石の千太郎君との祝言までの日々を楽しむべく由布姫は江戸の町に出たが事件に巻き込まれた。

**妖《あや》かし始末** 夜逃げ若殿 捕物噺4
聖龍人［著］
じゃじゃ馬姫と夜逃げ若殿。許婚どうしが身分を隠してお互いの正体を知らぬまま奇想天外な妖かし事件の謎解きに挑み、意気投合しているうちに…第4弾！

**姫は看板娘** 夜逃げ若殿 捕物噺5
聖龍人［著］
じゃじゃ馬姫と名高い由布姫は、お忍びで江戸の町に出て会った高貴な佇まいの侍・千太郎に一目惚れ。探索に協力してなんと水茶屋の茶屋娘に！シリーズ最新刊

**枕橋の御前** 女剣士 美涼1
藤水名子［著］
島帰りの男を破落戸から救った男装の美剣士・美涼と剣の師であり養父でもある隼人正を襲う、見えない敵の正体は？ 小説すばる新人賞受賞作家の新シリーズ！